Author
橘由華
Illustration
珠梨やすゆき
聖女魔力無所不能
6
The power of the saint is all around.
Kadokawa Fantastic Novels

Contents

The power of the saint is all around. vol.6

Character

The power of the saint is all around.

聖

被召喚到異世界擔任聖女的OL小鳥遊聖。由於在治療傷患與淨化魔物方面大顯身手而開始受到各地人們崇拜，導致她最近相當煩惱。開發料理和美容用品是生活調劑。

萊昂哈特

統率克勞斯納領的傭兵團團長。很欣賞擁有優秀藥師本領的聖。

艾爾柏特・霍克

第三騎士團的團長。據說是個不苟言笑的人，甚至被坊間稱為「冰霜騎士」，但在聖的面前卻是……？

約翰・瓦爾德克

藥用植物研究所的所長。很照顧聖，與艾爾柏特似乎是從小一起長大的好友。

尤利・德勒韋思

宮庭魔導師團的師團長。只要談到魔法和魔力的研究，眼神就會大變。目前對聖的魔力充滿興趣。

裘德

藥用植物研究所的研究員，負責指導聖。相當懂得照顧人，親和力十足。常常偷吃聖做的料理。

愛良

和聖一樣被召喚到異世界的高中生御園愛良。目前在魔導師團學習魔法。

伊莉莎白・艾斯里

聖在圖書室交到的朋友，是侯爵千金。非常敬仰聖。

埃爾哈德・霍克

宮廷魔導師團的副團長，艾爾柏特的兄長。雖然沉默寡言，但是位通曉人情世故的人。總是因為尤利而飽受折騰。

第一集故事大綱

Story line

　　二十幾歲的ＯＬ小鳥遊聖，在加班結束後回到家的瞬間，突然穿越到了異世界。

　　儘管她是以「聖女」身分被召喚過去的，但這個國家的王子只帶走和聖一起被召喚過來的可愛女高中生——御園愛良，把聖留在召喚室裡。

　　後來，雖然幾經波折，但由於不知道回去日本的方法，聖於是決定開始在藥用植物研究所裡工作。

　　聖早已察覺到自己就是「聖女」，卻仍選擇隱瞞身分，過著平凡人的生活。

　　然而，聖的能力太過厲害，在做藥水、下廚和製作美容用品等各方面都讓人們大為驚嘆。

　　她做出來的ＨＰ上級藥水救了第三騎士團團長——艾爾柏特的性命，並以此為開端，引發各式各樣的奇蹟。

　　於是，「聖．小鳥遊會不會才是聖女……？」的傳聞在王宮傳開了。

第二集故事大綱

Story line

儘管聖答應了宮廷魔導師團的傳喚，但暫時逃過一劫，沒將「聖女」的身分暴露出去。

她開始接受宮廷魔導師團師團長尤利・德勒韋思的斯巴達式指導，日子過得既忙碌又充實。

然後，不知是拜特訓所賜，抑或出於偶然，金色魔力再次引發奇蹟，眾人愈加懷疑她就是聖女。

但第一王子凱爾否定這樣的懷疑，固執地相信和聖一起被召喚過來的愛良才是「聖女」。

直到聖參與魔物討伐之後，周遭的人們才確定她便是「聖女」。

第三騎士團團長艾爾柏特遭逢危機之際，聖使用金色魔力，瞬間淨化湧現魔物的黑色沼澤。

結果，斷定聖是假聖女的第一王子凱爾被處以禁足的處分。

原本來到異世界之後，只有凱爾可以依靠的愛良，也趁此機會與聖還有學園的朋友建立交情，獲得了平穩的生活。

第三集故事大綱

Story line

由於聖發動了帶來奇蹟般效果的金色魔力，終於被認定是真正的聖女。但是，她依然不曉得什麼情況下才能發動「聖女的魔力」。

就在此時，她接到了前往藥草聖地遠征的委託。她不僅成為藥師的弟子，還獲得傭兵團長的賞識，也會下廚做類似藥膳的料理招待其他人。當她一邊享受遠征的生活，一邊努力製作藥水之際，竟發現與前任聖女有關的手札。以這本手札為線索，她終於知道該如何使用「聖女的魔力」，然而發動條件卻是「想著霍克團長」，讓她羞恥到無法告訴其他人……！

不過，在順利學會使用「聖女的魔力」之後，她也即將隨著騎士團及傭兵團一同前去調查森林。

第四集故事大綱

Story line

知道如何發動「聖女的魔力」後，聖前往珍貴藥草叢生的森林進行調查。

在以力量為傲的騎士團與傭兵團的護衛之下，她安心地在森林中前進，結果遇到了不怕物理攻擊的魔物「史萊姆」！

聖一行人在苦戰中想辦法突破包圍網後成功撤退，只是依然苦於不知如何應付性質相剋的敵人。就在這時，宮廷魔導師團的師團長尤利與愛良趕來助戰！

在強力的援軍登場後，聖等人順利淨化掉森林，克勞斯納領恢復了安寧。

聖和愛良在慶功宴親自下廚招待大家，與傭兵團之間的交情也更加深厚，一切都圓滿收場！

不過，聖心中還記掛著一件事。那就是森林在遭到史萊姆肆虐後，只剩下一片枯萎荒涼的慘狀。於是她利用「聖女的魔力」，成功讓森林奇蹟似的重生！

就這樣，聖一行人完成所有目的之後，儘管對於離開這裡感到依依不捨，還是不留一絲遺憾地返回了王都。

第五集故事大綱

Story line

從藥草聖地克勞斯納領回來後，聖收到了對方用來答謝的珍貴藥草與種子。她用這些謝禮來開發新款美容用品。聖的配方所製作出來的美容用品深受廣大女性族群喜愛，每推出新商品必造成搶購風潮。此外，在周遭人們的建議下，終於決定要成立聖自己的商會。聖與負責管理商會的奧斯卡等人前去視察開在王都的新店舖之際……竟然邂逅了來到這個世界後就未曾見過的「咖啡」！

聖對舶來品產生興趣後，便開始尋找日本食材。去貿易興盛的港口城鎮或許會有新發現……聖滿心期待地出發，但還沒找到食材，倒是先撞見了一場風波。來自異國的船長為了治療受傷的船員而四處尋找魔導師，聖遇到他便好意提供了自己做的藥水……結果那個異國的食材正是她要找的！重遇再熟悉不過的味噌和米，聖簡直開心得不能自己。

聖女魔力無所不能

The power of the saint is all around.

第一幕　來自外國的貴賓

「聖女」的亮相典禮落幕後，我在研究所享受著寧靜的生活之際，王宮就來傳喚我了。

我和所長趕緊放下其他事情，和前來通知的文官三人一起坐上馬車。

也許是平常沒有交集的文官也共乘的緣故，我們都沒有開口說話，馬車裡一片沉寂。

感覺就像跟認識的人一起搭電梯的時候，突然有陌生人進來一樣。

我漫不經心地望著車窗外，思考著王宮傳喚我的事情。

他們找我的目的，一定和「聖女」有關吧。

會不會是文官來研究所之前，我和所長聊到的茶會和舞會之類的邀請呢？

但文官一副嚴陣以待的模樣，而且連所長也不曉得王宮傳喚我的原因。

還有什麼事情會讓王宮傳喚我呢？

於是，就在我東想西想之間，馬車抵達王宮了。

一到王宮，我們立刻被帶去國王陛下的辦公室。

我忍不住和所長面面相覷，因為平常跟文官都是在另一個地方商議事情。

連交談的時間都沒有，就這樣踏進辦公室後，便看到陛下和宰相也在。
究竟有什麼事情在等著我呢？
見到兩位大人物都在，一抹不安劃過我心頭。
「歡迎兩位，請坐吧。」
「是。」
宰相示意我們到迎賓沙發坐下。
我和所長一起就座後，侍從立刻端來了紅茶。
周圍飄蕩著紅茶的香味，然而在這種狀況下我實在沒心情享受茶香。
陛下和宰相的臉色一如往常地平靜無波，但這次要談的事應該非比尋常吧？
我忐忑不安地想著他們要說什麼，這時陛下開口了。
「前些日子很感謝妳答應出席亮相典禮與舞會。」
「啊，不會。我才要謝謝您的邀請。」
大概是打算先寒暄幾句，陛下提起前陣子舉辦的亮相典禮。
儘管我有點猶豫該不該感謝他們的邀請，但也想不到更得體的回應。
總而言之，我在避免流露出疑問語氣的情況下表達謝意後，陛下臉上便浮現傷腦筋似的笑容。

「在那之後，是否有人嘗試接觸聖小姐呢？」
「沒有。目前還沒遇過不認識的人來找我。」
「這樣啊，那就好。若是有人造成困擾，妳但說無妨，儘管交給我們處理吧。」
「謝謝。」
從陛下的說法來看，王宮並沒有像所長說的那樣主動處理這方面的事情嗎？
既然如此，那就像剛才跟所長聊到的，今後邀請函那些東西都會寄到研究所吧？
當我內心浮現疑問之際，宰相做了些補充說明。
看來所長說得沒錯。
根據宰相所言，目前似乎是由王宮擔任「聖女」社交事務的聯絡窗口。
各家貴族都知道有這樣的窗口，要給「聖女」的茶會及舞會邀請函全都寄到了王宮。
順便說一下，這種處理方式算是一種慣例。
從過去到現在，這個國家也曾發現平民出身的「聖女」。
那些「聖女」沒有貴族出身的後盾，據說每一代都是由王室出任監護人。
我是他們從異世界召喚過來的，所以同樣視為平民出身的「聖女」來應對吧。
宰相也有提議可以把邀請函轉寄到研究所讓我自己篩選，不過我鄭重拒絕了。
就算讓我看到寄件人的姓名，我也無法判斷自己跟對方是適合來往，還是該保持距離。

雖然我在王宮上很多不同的課，但知識學養還是不足。

更何況，我實在不願意積極涉足政治，或者努力拓展社交圈。

我一直覺得能夠在研究所工作、自力更生就很好了，剩下的就是盡本分完成「聖女」才做得到的事。

因此，我將自己不會主動參與社交活動的決定告訴宰相，請王宮代為處理這方面的事。

話說回來，他們今天叫我來就是為了說明這件事嗎？

與宰相談完後，我啜飲一口紅茶陷入思考，這時陛下再度開口了。

陛下的態度嚴肅了起來。

接下來似乎才要進入主軸。

「其實近期將有留學生來到我國，想請研究所提供一些協助。」

「提供協助嗎？」

聽到陛下這麼說，所長面露疑惑。

要對留學生提供協助的話，是指對方會來參觀研究所之類的嗎？

不過，這樣就不曉得把我叫過來的用意是什麼了。

我摸不著頭緒地等待陛下的下文，宰相這時便解釋給我聽。

與這個國家有貿易往來的某國皇子過陣子會來這裡留學。

過去並沒有這種交流形式，對方卻突然提出想來留學的請求。

據說那位皇子殿下對其他國家的不同文化與技術很感興趣，至今已在形形色色的國家留學過。

而且留學時基本都是進入王立學園就讀，這次還提出希望能參觀幾間研究所的要求。

王宮的研究所清一色是國內研究最先進技術的機構，大多數都不能開放給外國人參觀。

然而，考慮到今後的來往，王宮決定開放部分可供參觀的內容。

只是藥用植物研究所就成了問題所在。

皇子殿下指定的研究所也包含我們這裡。

研究內容本身跟其他研究所一樣，只要開放可供參觀的內容就好。

問題在我身上。

對於這個國家特有的「聖女」，其他國家是知情的。

但陛下他們猜想那些國家應該不至於連能力詳細都掌握得到。

陛下他們想要避免留學生跟我產生交集，盡可能隱匿「聖女」的能力。

既然如此，要怎麼做呢？

我今天被傳喚進宮，主要就是為了商議這件事。

陛下他們提議讓我搬到王宮住，有留學生的這段期間都不要去研究所。

可是，要我完全不踏足研究所太不切實際了。
我還想觀察在研究所藥草田種植的藥草長得怎麼樣耶……
這方面該如何處理就是個問題了。
話雖如此，由於事情來得太突然，我一時之間想不到什麼好辦法。
先回去跟所長討論過後再回覆應該比較好。
所長似乎也抱持相同的想法，於是這件事便決定擇日再議了。
談完後，在起身離開前，有件事我忽然有點好奇就詢問了陛下。
剛才的談話中都沒有提到這一點。
「順便請教一下，是哪個國家的留學生呢？」
「是一個名叫『迦德拉』的國家。」
聽見這個莫名耳熟的國名，我發覺自己可能已經闖禍，冷汗沿著後背滑落下來。

◆

我被傳喚去王宮後過沒幾天，相關機構也收到迦德拉皇子殿下即將來訪的消息。
一得知王室會來視察，各間研究所都開始做準備。

每間研究所的第一件事就是把研究室整理乾淨，令人聽了只能乾笑以對。

當然，我們這裡也不能置身事外。

藥用植物研究所同樣全員出動，準備把研究室好好打掃一番。

表面上是要打掃乾淨以迎接貴賓的參訪，但其實把不能讓外國王室看到的文件藏起來才是真正的目的。

畢竟研究室裡到處散落著文件，其中也包含不能給其他國家人士窺看的機密資料。

這裡是全國最頂尖的研究機構。

即使只是潦潦草草的幾行字，內行的人一看就知道是很寶貴的資訊。

萬一對方無意間把那種重要文件撿起來閱讀就麻煩了。

研究員們看來都能理解這一點，平時對打掃興致缺缺的人都勤快了起來。

「聖，我問妳哦。」

「什麼事？」

「要來視察的是迦德拉的皇子殿下沒錯吧？」

「聽說是這樣。」

「我們之前在摩根哈芬遇到的船長一行人不就是從迦德拉來的嗎？」

「這麼說來，的確就像你說的。」

當我正在整理附近亂丟一通的文件做好分類時，在隔壁做著同一件事的裘德這麼問我。
裘德說得沒錯，迦德拉就是船長青瀾先生一行人的祖國。
青瀾先生還招待我們迦德拉的料理；雖然算不上謝禮，但我也做了些保久食品給他們。
這是前陣子的事了，現在回憶起來還真懷念。
與此同時，我也想起與青瀾先生初次相識的情景。
第一次遇到青瀾先生的時候，他正在為意外受傷的船員尋找藥水。
於是我便把自己做的上級ＨＰ藥水送給他了。
沒錯，我自己做的……那瓶有增強五成魔咒的藥水。
反正船員也順利康復了，我並不後悔送出藥水。
但是，聽說迦德拉的皇子殿下要來訪還是有點不安。
我不由得心虛起來，回話時還裝出一副恍然大悟的模樣，結果裘德就半瞇著眼繼續說：
「這只是我的猜測啦，該不會是妳當時給他們的藥水……」
「別說了……」
用不著裘德說，我在王宮得知這件事的時候也有一股不妙的預感，總覺得跟藥水有關。
其實還不一定就是這樣。
儘管我這麼想，內心深處的理智卻悄悄告訴我這個可能性很高。

不，又還不一定……

「妳的手停下來了哦。」

「啊，對不起。」

當我背上冒著冷汗陷入思索之際，手就停住了。

所長正好經過，見狀便提醒我一聲，我連忙繼續整理文件。

原以為所長會就這樣走過去，但他不知為何站定在原地。

我疑惑地抬起頭，就看到所長臉上浮現難以形容的微妙表情。

「所以，藥水怎麼了？」

「呃……」

看來所長聽到我和裘德的對話了。

雖然他應該沒有從頭聽到尾，但關鍵字倒是聽得一清二楚。

我的視線飄到旁邊的裘德身上，發現他臉色尷尬得像是被抓到了小辮子。

不過，現在想糊弄過去也來不及了。

我認命地將剛才和裘德的對話內容告訴所長。

聽完後，所長深深嘆了口氣，露出有氣無力的笑容。

「其實我也覺得可能是這樣。」

「所長也是嗎……」

在摩根哈芬發生的事，我都一五一十地告訴所長了。

在什麼因緣際會下認識運送食材的商船人員也老老實實地交代了。

當然也提到了把自製藥水送出去一事。

儘管非常難以啟齒，總比隱瞞不提而招來後患來得好，所以就一併說明清楚了。

不出我所料，所長對我很傻眼，但最後還是露出「真拿妳沒辦法」似的表情笑了笑不再追究。

結果這次的事又接踵而至。

我老是給所長添麻煩，內心對他滿是歉意。

「陛下他們的看法應該也一樣吧。」

「陛下他們也是嗎？」

「是啊。當時不是派了騎士給你們當護衛嗎？那些騎士想必也有把事情回報給陛下他們才對。」

「這麼說也對。」

聽到所長的回答，我和裘德都點點頭。

陪我們去摩根哈芬的騎士們是平常關係就很好的第三騎士團成員。

只不過就算關係再好，也不可能在這種事情上顧慮我的感受而不呈報給陛下。何況我也沒有拜託他們別說出去。

「這樣的話，皇子殿下來訪期間，我還是別待在研究所比較好。」

「現在還不確定就是為了妳的藥水而來的。再說，對方畢竟是王室，要來研究所的時候應該會事先通知，妳只要那一天別來這裡就可以了吧？」

「說得也是呢。」

之前討論過皇子殿下來訪期間我要怎麼辦，只是暫時沒有答案。

從剛才談到的內容來看，按照陛下他們的提議搬出研究所是比較妥當。

雖然皇子殿下的目的可能不在藥水，但能不冒險最好就不要冒險。

於是，經過諸多考量後，我決定將住處從研究所搬到王宮，那陣子就往返於王宮和研究所之間。

這是把我自己的希望和陛下他們的要求各取一半所做的折衷。

就像所長說的，皇子殿下視察各研究所時會提前擬定好計畫。

我會配合那個計畫，挑皇子殿下不在的時候再來研究所上班。

不過這也僅限於皇子殿下留學期間而已。

我並沒有打算今後要一直住在王宮裡。

這麼做是為了儘量避免耽誤到研究所的工作。
討伐魔物就算了，我可不想因為其他事而導致本業開天窗。
絕對不是我單純想親眼觀察珍稀藥草在培育中的成長過程……

◆

「聖，妳好呀。」
「啊，莉姿。妳好。」
確定皇子殿下留學期間的安身之計並把方針回報給王宮後過了幾天。
我在王宮的圖書室看書時遇到莉姿。
自從開始在王宮舉辦茶會後，我們見面的次數比以前更多了，不過我好像很久沒在圖書室遇到莉姿了。
「好久沒在這裡遇見聖了呢。」
「就是說啊。」
看來不是只有我這麼想而已。
彼此有相同的心情令我不由得高興起來，便和莉姿相視一笑。

「對了，聖也聽說了嗎？」
「聽說什麼？」
「就是過陣子會有迦德拉的留學生這件事。」
原來迦德拉的皇子殿下要來的事情也傳到莉姿耳中了。
皇子殿下在留學期間會就讀於王立學園，所以學園的學生會也接獲了消息。
「學園有學生會嗎？」
「有的。基本上是以最高年級的高階貴族為中心來運作。」
「原來是這樣。」
得知學生會的存在讓我有些驚奇，明知會岔開話題還是忍不住多問一句，莉姿便簡單說明了一下。
既然說是「基本上」，倘若有王室成員在，是不是就會無視年級的限制，直接讓王室成員擔任學生會長呢？
儘管有點好奇，但我沒再追問下去，而是將話題拉回皇子殿下那件事。
聽莉姿說，因為是異國王室來留學，學園那邊也將由王室負責接待。
那名王室成員就是這個國家的第二王子連恩殿下。
連恩殿下正好是最高年級，目前擔任學生會長。

因此，學生會將以連恩殿下為中心來接待異國王室。
順便補充，莉姿是副會長。
身為連恩殿下的左右手，她有許多繁瑣的事情要處理，天天被各種準備工作追著跑。
「應該很忙吧？辛苦妳了。」
「謝謝關心。妳那邊如何呢？皇子殿下也會去研究所視察吧？」
「似乎是這樣。為了那個視察，研究所這邊也正在籌備中。」
我聳聳肩表示準備工作很累人，而莉姿則意會過來地輕聲笑了笑。
起初我以為打掃和調整工作進度就是一切了，但不止如此而已。
由於來訪的是國外貴賓，研究所連外牆也要重新粉刷。
不僅要評估需要修繕的地方，還要協商預算，以所長為首的相關人員都忙得焦頭爛額。
我將這些事告訴莉姿後，她便回說「每個地方都是這樣」。
學園也一樣正在處理建築物的修繕等事宜。
相較於研究所，那裡的占地更廣闊，皇子殿下停留的時間也更長，想必有很多要修繕的地方吧。
真想跟學園的相關人員道聲辛苦了。
「不知道會是什麼樣的人要來呢。」

「應該是個認真勤學的人吧。畢竟是特地來學習外國文化的。」
「如果真是這樣就好了。」
「會有其他可能嗎？」
「是呀……比如說，在國內惹出問題而待不下去，只好暫時避居國外之類的。」
「喔……」
聽到莉姿舉的例子，我便理解過來了。
那樣的情況下，確實有可能會跑到其他國家。
留學和視察都是表面上的說法而已。
不過，希望這次來的是認真勤學的人。
否則莉姿他們應該會很辛苦。
再說，那樣的人也跟莉姿和連恩殿下比較合得來吧。
難得有這個機會，要是皇子殿下和莉姿他們能建立友好的關係也是好事一樁。

◆

氣溫緩緩攀升，令人感覺到夏日的腳步聲來臨之際。

來自迦德拉的皇子殿下一行人抵達了。

雖說皇子殿下是來留學的，但來的不止他一人。

身分尊貴的人來訪時，身邊也有一群人會隨行，所以陣仗相當浩大。

我後來才從侍女口中得知，他們的馬車隊似乎在王都掀起歡騰的盛況。

因為是來自外國的貴賓，城裡熱鬧得像是在舉辦慶典似的。

遠道而來的一行人，預計在休息一晚後謁見國王陛下。

我也要跟國王陛下一同出席那場謁見。

究竟是要澈底隱瞞「聖女」的存在，還是形式上露個面就好，這個問題直到最後一刻都還是爭論不斷。

最終，考慮到迦德拉那邊的人恐怕早就已經發現「聖女」的存在，便採用後者的意見作為結論。

而我要出席的只有第一場及最後一場謁見。

聽說我在謁見的場合只要站著就好。

光是這樣倒沒什麼問題。

畢竟我也不需要參加晚上舉辦的歡迎宴。

看來外國貴賓來訪的時候，設宴款待果然是必不可少的啊。

王宮那邊有些人希望我參加這場宴會，我原本打算鄭重拒絕。
儘管我不太有把握能不能推拒掉，不過終歸是杞人憂天。
因為宰相已經幫我推掉，根本不需要我出面拒絕。
做得好啊，宰相。
於是，謁見當日來臨。
由於是正式場合，所以跟亮相典禮的時候一樣，一早就在王宮中忙著整裝打扮。
這些準備工作都有侍女幫忙，我只要任憑她們處置就好。
服裝的部分，我決定拿亮相典禮的那件長袍來穿。
上流階級似乎每逢宴席活動就會訂製新衣，王宮的人們本來也打算依循前例，滿心想要再做一件新衣。
但是，我覺得自己身為平民實在承受不起，便費盡唇舌推辭了。
侍女們聽到我要重複穿同一件衣服都面有難色，不過我答應更改配件讓她們放我一馬。
新增的配件中，最值得注目的就是白色頭紗。
這是在王宮高層的提議下新增的配件，即使同意讓「聖女」出席，他們也不願意將真面目公諸於眾。
這個白色頭紗以蕾絲細膩地編織而成，披在頭上就能遮住臉，好看又實用。

頭紗邊緣還縫著好幾顆寶石增加重量，就算有風吹來也不會掀起來。
其實這些寶石裡面還暗藏玄機。
寶石上被賦予了妨礙辨識的魔法，從蕾絲縫隙間隱約可窺見的髮色和容貌都會變得難以辨識。
順道補充一點，這是師團長精心製作的。
這個世界似乎從來沒有藉由附魔來妨礙辨識的概念，我大致解釋過一遍後，師團長就喜孜孜地埋首研製了起來。
本來還得調查需要用到哪一種屬性的魔法，但師團長會使用全屬性的魔法，所以沒這個必要。
完成後，我詢問之下才知道他是賦予了闇屬性魔法。
這個頭紗確實很方便，唯一的缺點在於遮住臉後，我也看不清楚頭紗外的景象。
因為這個緣故，必須有個人來護送我到會場才行。
準備得差不多後，我喝著侍女瑪麗小姐泡的紅茶等待時間到來，這時傳來了敲門聲。
站在門邊的侍女出去接待來客，回來便說有人來接我了。
「第三騎士團長霍克大人來了。」
「謝謝。請他進來吧。」

聽到這個名字令我有幾分訝異。
我一直以為今天會跟亮相典禮那天一樣，由第一或第二騎士團的成員負責護送。
原本還想說必須跟一個不太熟的人挽手而感到緊張，得知是團長不禁有點開心。
走進室內的團長穿著比平日更絢亮華麗的騎士服。
那應該是專門用來出席典禮的服裝吧。
與那張俊美的容貌交互映襯下，閃耀度似乎提高了兩成。
打過招呼後，他跟往常一樣讚美了我幾句。
沒事的。
我最近逐漸習慣像這樣受到讚美了。
現在已經可以擺出淑女的姿態，用不顯生硬的自然笑容感謝對方的讚美。
我在內心對自己的完美應對握拳叫好，但或許我不該因此掉以輕心。
終於是時候該出去了，我便披上頭紗。
「看起來好像新娘子呢。」
這時，一個十五到十九歲左右的侍女燦笑著這麼說。
全白衣著再搭配上頭紗，確實就像新娘一樣。
我正要點頭之際，視線無意間往團長那邊飄過去，而這就是錯誤的開始。

起初我們只是怔怔地迎上彼此的目光。
然而，看到團長彎起眼睛、嘴角微微勾起弧度時，我就有股不妙的預感。
這個表情我知道。
他正在打什麼壞主意。
然後，那個攻勢就來了。
「這麼說，我就是新郎了吧？」
我頓了頓，接著思索起來。
穿著白衣的是我。
所以說，我是新娘？
而團長是新郎？
他、究、竟、在、說、什、麼、啊？
省略掉許多細節的跳躍式妄想害我思緒突然凝固住。
事後回想起來，其實我當下只要用無言的表情回一句「您在說什麼啦」就好了。
換成其他人的話，我應該立刻就吐槽回去了。
可是，對方是團長。
這句話還沒說出口，我的臉龐就先滾燙起來。

結果團長看到我的反應後，一副惡作劇得逞似的眼角泛起更親暱的笑意。
耳邊好像傳來了侍女們不成聲的驚呼。
「聖？」
「～～～唔！」
團長探頭湊近我的臉，那身強烈的氣場壓迫而來，我的肩膀不由得一震。
在這種情況下還要我說什麼呢！
而且我的反應太慢了，更有一種陷入窘境的感覺。
我這個人在戀愛方面尤其缺乏經驗，一時之間實在想不到這種時候該怎麼應對。
瑪麗小姐可能是看不下去了，便開口替我解圍。
「恕我冒昧，時間就快到了。」
「喔，也對……那麼，我們走吧。」
「好……」
聽到瑪麗小姐這麼說，團長露出略顯遺憾的表情，但還是很乾脆地點頭同意了。
於是，他朝我伸出手，準備護送我去會場。
我將手搭在團長的掌心上，內心也隨之鬆了一口氣。
接著，我滿懷謝意地向瑪麗小姐輕輕點頭，她便回以溫柔和善的目光。

來到走廊上，團長似乎也進入工作狀態，並沒有調侃我。
他的表情不同於剛才在室內的模樣，幾乎沒有情緒，散發一股凜然英氣。
平常很少看到他這樣的表情，我不禁暗自有些怦然心動。
抵達會場後，一走進去就看到很多人都已經到場了。
在團長的帶領下，我走向事先知會過的位置。
那個位置離準備給陛下站立的高臺滿近的，等同於所謂的上座。
只不過並不是在臺上，而是低了一階。
以地位而言這種安排並不妥當，但我不想太過顯眼才要求王宮的人讓我站在這裡。
在當初的規畫中，我要跟陛下及宰相一起站在高臺上。
但我只要讓皇子殿下他們知道我有來就好，所以堅持要站在這個位置。
坦白說我甚至覺得混進大臣們之中也可以，就是不想站在最前面，不過當然被回絕了。
走到指定的位置後，團長就先跟我分開了。
他要去和其他騎士團長站在一起的樣子。
話雖如此，我們之間也沒有相隔太遠。
等了一會兒，負責主持的典禮官就宣布迦德拉一行貴賓準備進場。
會場的門扉開啟，皇子殿下等人開始進場。

走在最前頭的就是那位皇子殿下了吧。

隨著皇子殿下進場，不知為何有一部分人群騷動起來。

直到皇子殿下走到近處，我才大概能理解引起騷動的原因。

隔著頭紗的情況下，我看不清楚每個人的長相，但髮色還是分辨得出來。

如同之前在摩根哈芬遇到的那些人，迦德拉的人們大多都是黑色和深棕色的頭髮。

皇子殿下也不例外。

根據事先掌握的資訊，他的年齡是十六歲。

名字叫做天宥。

他是迦德拉皇帝的第七位妃子所生，是第十八皇子。

沒錯，從「妃子」這個用詞就想像得到，迦德拉是一夫多妻制。

因此，皇子女的人數比斯蘭塔尼亞王國還要多。

跟斯蘭塔尼亞王國的人比起來，他的個子不算高。

但天宥殿下以外的人也都差不多，應該是迦德拉的標準身高吧。

只是相較於身邊的人們，他顯得清瘦一些。

不過，這不是重點。

更引人注目的，是那大大地橫在臉中間、如玻璃瓶底般圓厚的眼鏡。

與其說是皇子殿下，還比較像是隨行的研究員。
可能是因為走在前頭的人物是這種風格，才會引起剛才的騷動吧。
反觀我周遭的高層人員完全不動聲色，真不愧是他們。
儘管出乎意料，但天宥殿下如同外表所見是個嚴謹認真的人。
謁見時對陛下的致意也相當禮貌周到。
以這個年紀來說，他表現得非常沉穩大方。
這樣的人在王立學園應該也可以跟莉姿他們相處得很愉快吧。
但願是如此。
於是，謁見順利落幕，皇子殿下一行人退場後，我們也散會了。
雖然晚上還要舉辦宴會，但我不會參加。
下次跟天宥殿下見面是他回國前謁見陛下的時候。
接下來只要一直躲著別被他發現就好了。

第二幕　皇子殿下

迦德拉的皇子——天宥殿下抵達一週後。

我來王宮上課時，不時會聽到一些天宥殿下的傳聞。

可能是我自己也很好奇他來到這裡的原因，所以聽到有關他的話題就格外在意。

不過天宥殿下來到斯蘭塔尼亞王國才經過一星期，傳聞的種類並不多。

畢竟他的行動範圍只有王宮內和王立學園而已。

雖然近期就會去視察研究所，不過距離開始視察還有一小段時間。

因此，我聽到的傳聞自然大多是王宮裡流傳的。

傳聞的源頭是平常照顧我生活起居的侍女們。

內容大致都很正面。

聽說天宥殿下儘管出身王室，但對人彬彬有禮，很有紳士風度。

根據侍女們的說法，隨侍在天宥殿下身邊擔任護衛的騎士們也是一致好評。

而這段期間又要在王宮舉辦慣例的茶會了。

參加者只有莉姿。
因為這是課堂的一部分，而且愛良妹妹也有工作要忙，她便缺席了這次的茶會。
現在這個季節，即使沒曬到太陽也會流汗。
茶會的地點選在王宮庭園裡一處通風良好的涼亭。
也許是出於季節因素，王宮廚師使出渾身解數製作的茶點以清爽的風味居多。
瑪德蓮蛋糕的檸檬味比以往來得重，還有柑橘類的幕斯，以及以檸檬香茅這種藥草做成的果凍。
搭配這些茶點的飲品不是紅茶，而是王宮的茶會很少使用的草本茶。
「聽到是藥草做成的我好驚訝，不過清爽的風味正適合這個季節呢。」
「就是說呀。不愧是王宮的廚師，發揮風味的手法真是絕妙。」
「哎呀，原來這些茶點不是聖想出來的嗎？」
「對，這是廚師自創的食譜。」
一聽到是藥草料理，許多人都會以為是我的點子。
但除了我以外，最近也有不少別人研發的藥草料理。
果凍食譜就是王宮廚師研發出來的。
他在研究所的餐廳看到藥草用來入菜，就覺得也可以嘗試用在糕點上。

如同莉姿所說，他的調味方式比我厲害太多了。

從融入新要素來製作美食這一點來看，也令人佩服「專業的就是不一樣」。

照這個趨勢下去，或許離吃到日式點心的那一天也不遠了。

「這個茶是不是用了薄荷呀？有一股清涼舒爽的感覺，好好喝哦。」

「感覺除了薄荷之外還有其他東西耶。應該是某個人的特調茶吧？真希望在家裡也能喝到這樣的茶。」

不僅茶點好吃，草本茶也很好喝。

會是侍女親手調製的特調茶嗎？

這個時節十分適合喝這種茶，可以的話我也想學起來。

之後找侍女問問看吧。

我跟莉姿就這樣品嘗著茶的好滋味，不過這也是課堂的一部分。

而且這陣子不止是禮儀課，連政治經濟等課堂的老師也同意舉辦茶會。

儘管只是茶會，卻絕對不容小覷。

忘記是誰說過，茶會是淑女的戰場。

茶會上談及的話題通常都與政治經濟密切相關，所以老師們才會同意吧。

多虧如此，如今不止是禮儀課，其他課程的時間也能舉辦茶會，使我更容易跟莉姿協調時間。

順帶一提，禮儀課以外的老師是莉姿負責交涉的。

有些老師平時為人溫和，但遇到課程的事就會變得很嚴格，莉姿能夠徵得這些老師的同意，令人愈來愈佩服她身為第一王子未婚妻的交際手腕。

莉姿說，既然都要舉辦茶會，多多學習各方知識會更有效率。

這究竟是打算一石幾鳥呢？

總之因為這樣，聊天內容從茶和茶點的感想轉移到符合課程的話題。

那就是時下人人都在討論的天宥殿下。

「話說，天宥殿下現在是在學園裡吧？」

「對，沒錯。」

為了避免天宥殿下跟我碰到面，他的行程都有讓我知道。

這一週來，天宥殿下最先前往的是王立學園。

似乎是要先跟同輩交流看看。

「他人怎麼樣？謁見的時候看起來是個嚴謹認真的人。」

「跟這個印象一模一樣喲。」

我之前得知學園那邊是由莉姿他們負責接待天宥殿下。

雖然侍女們對天宥殿下的印象很好，但在學園或許會展現出不同的一面。
再說，我覺得莉姿一定能發現別人注意不到的地方。
於是我就主動提起天宥殿下的事情，想聽聽莉姿對他的看法。
看來一開始抱持的印象是正確的。
天宥殿下在學園也如同外表嚴謹認真，和侍女們說得一樣，是個彬彬有禮的人。
沒有發生任何會讓莉姿抱怨的事。
此外，天宥殿下還會跟莉姿他們一起上課，下課後他也經常和同班同學討論當天的課程內容。
聽說從那些對話可以得知天宥殿下具備豐富的學識。
「知識淵博還來留學，真是個勤學的人耶。」
「我也這麼覺得。他說是為了增廣見聞而來的，而且好像對植物『特別』感興趣。」
「植物啊……植物也分很多種，是指哪些植物呢？」
「這就真的很多了，花草樹木他都有聊到。不過，我記得大部分都是能食用的東西。」
雖然彼此都沒有明講，看來我們都很了解對方在意的是什麼。
莉姿委婉地提到關鍵之處。
天宥殿下也是王室成員。

從他具有淵博知識這一點也推測得出來，出身王室的他應該受過相應的教育。
隱瞞真正想知道的事情，拐彎抹角地跟周遭的人打聽消息也是王室教育的一環。
所以，我想天宥殿下並沒有明顯表現出對植物的興趣。
儘管如此，身為王室成員未婚妻的莉姿同樣歷經過一番鑽研，天宥殿下在她眼中就是對植物「特別感興趣」。
那麼，天宥殿下來到這個國家的真正目的或許跟植物有關。
「能食用的東西？」
「對。像果實就是其中之一，不過他還有提到根部喲。明明乍看之下不能吃，但其實是可以食用的呢。」
「哦，也有那樣的東西呀。」
「而且他說有些還可以當藥材哦。」
「藥材？用根部嗎？」
「是的。」
植物和藥材這兩個字眼讓我有不好的預感。
可能是我忍不住皺起眉頭，正看著我的莉姿輕笑幾聲。
「我並不是很清楚，但如果聖也在場一起聽的話，說不定就會想到植物的名稱了呢。」

「這麼說也沒錯……」

就像莉姿說的，有些食用植物也可以當藥材。

如果我在場一起聽的話，可能就會察覺到天宥殿下說的植物都偏向藥用植物。

這終究只是假設，還不曉得實際上是不是偏重於藥用植物。

「我把記得的東西都寫在這裡了。」

「……謝謝妳。」

莉姿輕輕遞出一張紙條。

我粗略瀏覽過後，不禁露出苦笑。

上面寫的是植物的名稱。

應該是天宥殿下提過的植物名吧。

真不愧是莉姿。

「有些植物確實可以當藥材，但並沒有特別偏重的感覺。」

「聖果然也是這麼認為的呀。」

「對。不過要補充一下是以『這個國家』而言。」

一覽表上所列出的名稱，有些在斯蘭塔尼亞王國只是普通植物，不作藥用或食用。

然而，在斯蘭塔尼亞王國沒特別用途的植物，在迦德拉那邊可能是一種藥材或食材。

將這個可能性告訴莉姿後，她也認同地點點頭。

「我知道聖一直在避免和天宥殿下碰到面，但妳最好要再留心一點。何況他過幾天就要開始視察研究所了，藥用植物研究所也是指定機構之一吧？」

「對，他會來。我打算那天就不去研究所了。不過，莉姿妳說得沒錯，我平時也會多加小心，謝謝妳的提醒。」

我並沒有跟莉姿說過我在避免跟天宥殿下碰到面。

但莉姿是第一王子的未婚妻，在學園也負責接待天宥殿下，應該已經從王宮那邊獲知一些情況。

正因如此，她才會幫我留意天宥殿下在學園的動向吧。

我向替我擔心的莉姿道謝後，她便回我莞爾一笑。

◆

我與莉姿舉辦茶會的同一時間。

商會那邊接到米和味噌送達的通知。

聽說是跟皇子殿下等人同行的商船運來的。

我在摩根哈芬買到的東西已經用完了，所以這是個值得開心的好消息。

也許是我在摩根哈芬的時候對許多東西表現出興趣，弗朗茲先生他們除了米和味噌之外，還採購了形形色色的食材。

他們邀請我去一趟商會看看那些食材，於是我在接到消息的隔天就前往商會了。

「妳覺得如何？這次的進貨量比上次還要多哦。」

「有這麼多食材的話，我想應該夠用一陣子了。不過，我不確定能不能撐到下次進貨的時候……」

我抬頭看著堆積在商會倉庫的米袋，同時這麼回答奧斯卡先生。

說句實話，我覺得庫存很快就會用完了。

畢竟，那位師團長很喜歡米飯。

請他協助做完實驗後，只要是研究所餐廳供應米飯料理的日子，他都一定會來用餐。

從這股熱忱來看，一旦稻米到貨一事傳到他耳中，說不定還會興起自己買米的念頭。

「竟然還不夠嗎……」

「是的。再說，宮廷魔導師團的德勒韋思大人沒有來問稻米的事嗎？」

「喔，確實有來問呢。」

不出所料，師團長已經來問過商會了。

似乎是因為這樣，奧斯卡先生一直掛念著這次的進貨量夠不夠。
他打算把剩餘的米袋轉讓給師團長。
順便補充，師團長一開始是去找迦德拉的商船人員洽談這件事。
但是，船上的米袋早就全部都被訂走了。
所以師團長才會找上買家——也就是我的商會，詢問能否把一些米分給他。
真是一如既往地執著。
「聖小姐想怎麼做？如果妳全部都要，我是可以拒絕他啦。」
「唔～這個嘛……」
該怎麼辦才好呢？
既然師團長會獨自前來買米，這就表示他希望能更常吃到米飯，不然就是想研究米飯料理吧。
我想不到其他目的了。
若師團長單純只是想更常吃到米飯，那只要研究所餐廳多供應米飯料理就好，沒必要把米轉讓給他。
不過，若他是想要研究米飯料理，那還是轉讓給他比較好吧。
其實我也想要實驗看看米飯料理的效果，但還有其他研究要做，無暇分神在那上面。

如果師團長願意幫忙查清楚的話，把米飯料理相關研究交給他會更有效率。

那就決定了。

先確認師團長買米的目的是什麼吧。

「你知道德勒韋思大人為什麼要買米嗎？」

「不知道耶，他沒說原因。怎麼了？」

「唔～我想說可以視情況分給德勒韋思大人。」

「這樣啊。那我去問一下好了。」

「謝謝你。」

奧斯卡先生要幫我詢問原因，我便心懷感激地拜託他了。

畢竟師團長的洽談對象是商會，我去問他米的用途好像不太妥當。

結果幾天後，師團長親自把米的用途告訴我。

商會向師團長詢問原因的時候，他似乎已經想到那些米袋的批售對象是誰了。

他寄了封信向商會表示要直接跟批售對象交涉，並在同一時間找到米的批售對象解釋原因，而那個對象就是我本人。

奧斯卡先生收到信後急忙趕來研究所，但當然為時已晚。

還勞煩他特地跑一趟，我真的覺得很抱歉。

而師團長跟我先前猜測的一樣，他的目的在於做研究。
什錦壽司飯以外的米飯料理並沒有仔細確認過效果，他想要檢驗一下那些料理的效果。
於是，我以檢驗結果要告訴我作為交換條件，將米分給了師團長。
至於米飯料理的食譜，我請他去詢問餐廳的廚師們。
題外話就說到這裡。
跟奧斯卡先生談完米的事情後，我們轉而去確認味噌。
味噌似乎是裝在木桶裡運過來的。
不同於米，味噌的庫存應該可以撐到下次進貨為止。
最後他帶我去看新進貨的食材。
這些食材真是讓我驚喜連連、感動不已。
在弗朗茲先生的慧眼挑選下，進貨的食材全都是我好久沒見到的東西。
有糯米、紅豆、蕈菇、海產乾貨和綠茶……
最驚人的是還有醬油。
沒錯，就是醬油。
聽說弗朗茲先生覺得我可能會想要這個香味跟味噌很相似的黑色液狀調味料，便幫我進貨了。

我忍不住當場就握拳開心了起來。
沒有激動到叫出聲算是有在克制了吧。
不用說，我把看到的食材全都買下來了。
雖然進口商品貴得嚇人，但我的財力還負擔得起。
這都要感謝一路暢銷的美容用品。
而且買下的食材有一部分要送到餐廳，所以研究所也會出錢，這是值得慶幸的一點。
不過，如果要長期購買的話，還是不要一次買太多比較好。
坦白說，我很想一天有一餐吃到米飯，但考慮到買得起的量，一週最多吃個一兩次吧。
畢竟除了我之外還有別人也想吃米飯，一餐消耗的量滿多的。
「有任何問題嗎？」
「沒有……」
我在弗朗茲先生的辦公室看著購入品一覽表陷入沉思時，他就這麼問道。
但要坦白說出內心的想法又讓我有些猶豫。
因為寫在一覽表上的金額應該只包含進貨價和經費而已。
本來還必須把商會的收益算進來才行，弗朗茲先生是出於好意才會這麼計算吧。
我實在不好意思在幫了這麼多忙的人面前嫌貴……

然而，弗朗茲先生似乎看穿了我在想什麼。
「還是太貴了嗎？」
「是有一點……但也沒辦法，畢竟是進口商品。」
「確實如此。雖然問過能否算得便宜些，但對方說這是最低價了。」
原來弗朗茲先生他們還幫忙議過價了。
既然那些人說是最低價，那就表示是真的吧。
要再壓價的話，唯有自行生產一途了。
「還是種種看稻米好了？」
「聖小姐知道種植方法嗎？」
「略懂一些。」
我嘀咕了一句，同座的奧斯卡先生便回問道。
種稻的方法我是知道一點。
「不過，就算要種也沒土地就是了。」
「土地啊？說得也對。」
雖然我對奧斯卡先生這麼說，倒也不是完全沒辦法找到土地。
只要拜託國王陛下和宰相，應該就能獲賜土地。

他們為了獎賞我從事「聖女」的工作而在許多事情上給予通融，但仍舊認為我要求的東西太少了。

之前他們提議要賞賜我土地時，我以管理不來等理由拒絕了。

但相較於當時，我的內心有些許動搖。

畢竟，能有一塊土地隨心所欲地種植喜歡的作物太吸引我了。

我想種的不只是稻米而已。

還有其他多不勝數的植物想種種看，尤其是柯琳娜女士送我的藥草。

儘管我在研究所有自己的田地可以做實驗，但大小終究有限。

說真的，已經沒什麼空間了。

因為這陣子多了一些正在栽培的藥草。

唔～要找所長商量看看嗎？

呃，可是……

就這樣，我不小心在奧斯卡先生他們面前認真思索起來，對那兩道靜靜注視著自己的視線渾然未覺。

◆

來自迦德拉的皇子殿下抵達後經過半個月。

在料想他差不多適應學園生活後，他便開始視察研究所了。

藥用植物研究所並不是第一間視察的研究所，但順序也沒有非常後面。

天宥殿下預計來訪的那一天，我窩在王宮裡。

而且不止當天，連前後兩天都包含在內，以備計畫突然生變時能及時應對。

可能是這個做法奏效了，我並沒有遇到天宥殿下，藥用植物研究所的視察平靜無波地落幕了。

視察結束後，心情上稍微輕鬆一點的我回到了研究所。

說是回來，其實只有工作的時候會待著。

一行貴賓還會在這個國家暫住一陣子，不能太掉以輕心。

我只是想說現在沒有視察了，在研究所稍微待一下應該沒關係。

今天我決定去看看幾天沒顧的藥草田。

我不在的期間似乎沒發生什麼問題，出於實驗性質而種植的藥草們都順利成長了起來。

我滿意地點著頭時，裘德走到我旁邊來。

他說是來幫我澆水的。

然後跟我說了一些視察的情況。

他替不在的我留意了天宥殿下的言行舉止。

如同莉姿先前透露的消息，天宥殿下在植物方面似乎有很深的造詣。

據負責接待的所長所說，他的藥草知識豐富到明天就來研究所上班也沒問題。

從這一點來看，他比在學園表現得還要學識淵博。

對藥水的了解也自然不在話下。

「他知道很多異常狀態解除藥水的材料哦。」

「那還真是厲害呢。」

異常狀態解除藥水的材料分類繁雜，不同於恢復HP和MP的藥水。

解毒有解毒的藥水，解除麻痺有解除麻痺的藥水，每種異常狀態所使用的藥水都不同。

因此，雖然統稱為異常狀態解除藥水，但實際上包羅萬象。

當然，製作藥水所需的材料也各有不同，天宥殿下連這些都知道就代表他具有相當程度的知識。

「他問了很多問題，不過我們也因此學到了不少。」

「是哦？像是什麼問題？」

「比方說，同一種藥水在不同國家會不會材料和生產工序也不同，還有名稱相同的藥水會不會具有不同的功效之類的。」

「這樣啊。」

可能是留學多國的緣故，天宥殿下似乎對各國之間的差異非常感興趣。

莉姿也提過這一點。

我對裘德這麼說之後，他也點頭表示可以理解。

「啊，可是，所長的臉色不太好看哦。」

「所長嗎？」

「對啊。殿下回去後我問所長怎麼了，他說是在懷疑那些問題的意圖。」

聊著聊著也澆完水了，正要順便走去裘德的藥草田澆水之際，他像是突然想起來似的喃喃說道。

提問的意圖啊……

天宥殿下恐怕還追問了很多事情吧。

不過，現在先聚焦在裘德有印象的問題上好了。

單純來看，天宥殿下聽起來只是對各國的相異之處感到好奇，難道實際上不是嗎？

若是這樣，他問那些問題究竟有什麼目的？

「相異之處、相異之處……」

「妳怎麼了？」

「唔～先等一下，我好像快想到什麼了……啊！」

天宥殿下提出的問題讓我覺得有些在意，仔細回想後，我才想起自己以前也動過相同的念頭。

當時我在尋找自己做的藥水效果比別人還要強的原因，所以同樣在研究自己和其他人之間有什麼差別。

一想起這件事，我立刻冒出冷汗。

「欸，你還記得嗎？我們之前也思考過一樣的事情吧？」

「有嗎？」

「就是發現我做的藥水效果更強的時候呀。」

「啊！」

裘德大概是想起來了，他猛然睜大眼睛，然後用拳頭輕敲一下掌心。

不過，他接著像是察覺到一絲不妙，臉色瞬間變得不太好看。

嗯，我也想到了那個可能性。

「聖，所長提到的天宥殿下的目的，那該不會是……」

「你也想到了嗎？」

「嗯。」

我們不約而同想到了在摩根哈芬送給青瀾先生的那瓶藥水。

依循迦德拉的關聯來思考後，就想到了這個結果。

或許是明白當初送出自製藥水不過是為了自我滿足，再加上心中總有些愧疚，才會把兩件事串連起來吧。

所以，縱使我認為那個可能性很低，但也隱隱覺得那是一廂情願的想法。

「可是，天宥殿下怎麼會知道藥水的事情呢？」

「唔……或許是聽到了一些傳聞？」

「如果他們把那瓶藥水當作上級ＨＰ藥水的話，應該不至於傳開來吧？」

「不好說耶。畢竟上級ＨＰ藥水這種東西要不是在研究所也很難見到。可能大家都在議論說收到了很厲害的藥水吧？」

裘德的解釋也有道理。

但是，這點程度的傳聞就算傳到天宥殿下耳中，感覺也不會引起他的關注。

如此一來，難道天宥殿下的目的跟我們想到的不一樣嗎？

正當我們兩人陷入沉思之際，裘德背後就傳來了其他人的腳步聲。

裘德聽到聲響便轉過頭去，而我則從他旁邊探頭看向來者，卻只見帶著一名隨從的天宥殿下正微微張著嘴佇立在那裡。
遇到這種突發狀況，我呆愣著和他互看，但視線的交錯也只有一瞬間而已。
我連忙向他行了個屈膝禮，裘德見狀也趕緊跟著鞠躬行禮。
現在並不是以「聖女」的身分跟他見面，對上位者行禮照理說不會有錯。
「我記得你是藥用植物研究所的研究員吧？」
「是的。殿下您今天的氣色真好。」
天宥殿下頓了頓後問道，裘德則這麼回答。
他之所以認得裘德，是因為視察的時候裘德離他很近嗎？
總不可能是當天見到的人全都記在腦海中了吧。
話說回來，裘德接待貴賓的禮儀倒是做得有模有樣的呢。
王立學園果然會教這個吧。
我忍不住開始胡思亂想逃避現實，然而這也沒辦法。
畢竟一直小心避開的人就站在我面前。
我的視線垂落在地上，窺看不到天宥殿下的表情。
總覺得他的目光牢牢定在我身上。
而這似乎不是我的錯覺，又停頓了一下後，天宥殿下開口問道：

「請問那位女士也是研究員嗎？」

呃，這該怎麼回答才好？

我知道要避免遇到天宥殿下，但沒有討論過不小心遇到時該如何應對。

儘管很希望有人能幫我回答，可惜沒人可以指望。

裘德看起來也對這個問題感到不知所措。

再不回答恐怕有失禮數，我只好承認說：

「是的，我名叫聖，是藥用植物研究所的研究員。」

「我名叫天宥，來自迦德拉。前幾天來這裡的時候沒有見到妳吧？」

「是的，殿下來的那天我正好在其他地方工作……」

我有一瞬間猶豫要不要說自己只是路過的，最後打消念頭了。

這裡是王宮，並不是閒雜人等都能進來的地方。

何況胡亂撒謊的話，之後可能會圓不回來。

雖然巧妙地把謊圓過去就好了，但我知道自己沒那麼能言善辯。

既然這樣，一開始就誠實回答還是比較好吧。

只回答是研究員應該不會有問題。

內心似乎再次傳來了「這是一廂情願的想法吧」的聲音，不過我這次摀住了耳朵。

「這樣啊。再請教一下，這邊的藥草是妳種的嗎？」

「是的。」

「不愧是研究所培育的藥草，很多罕見的品種呢。」

天宥殿下並未提及理應更引人注目的我的（其他事物）外貌，而是把目光落在我腳邊的藥草上。

在田地裡生長的正好是用克勞斯納領寄來的種子所培育的藥草。

這些藥草比較好養，但並不是王都周邊的自生品種。

天宥殿下只看一眼就察覺到這一點了嗎？

若是如此，我想他確實跟其他人說的一樣具備豐富的藥草知識。

而這個推測是正確的。

他接著詢問了幾個跟四周藥草有關的問題，每個問題都不是外行人想得到的。

我不知不覺就認真地跟他討論起來，回神時已經過了好一段時間。

「殿下，時間差不多了。」

「這樣啊。我對這些罕見的藥草很感興趣，一不小心就談得太入迷了。謝謝妳跟我分享這麼多。」

「不會，耽誤到您的時間我才感到抱歉。」

經隨從提醒後，天宥殿下就循著原路折返回去了。

也許是無形之間產生的緊張感，等天宥殿下走遠後，有點緊繃的肩膀才放鬆下來。

我呼出一口氣，旁邊也同時傳來了呼氣聲。

抬頭迎上裘德的視線，我們臉上都浮現出苦笑。

總而言之，這次的相遇也是沒辦法的事。

不過，最好還是知會所長一聲。

唉，不知道會被唸什麼。

雖然要跟所長報告這件事讓我心情很沉重，但所長聽完一定也覺得很頭痛吧。

嗯，老實道歉吧……

幕後

御前會議每個月會舉行一次。

與會成員有國王、宰相以及各大臣，全是斯蘭塔尼亞王國的重量級人物。

在每月一次的例行會議上，國王表示要為「聖女」舉辦亮相典禮和舞會。

由於以前就討論過差不多該舉辦了，因此眾人都平心靜氣地應下此事。

隨著這個通知，宰相也交代了包含慎重對待「聖女」在內的幾個要點。

其中的內容不僅是考慮到「聖女」所做的安排，也會對各貴族設想中的未來構成阻撓。

舉例來說，寄給「聖女」的茶會和晚宴邀請函必須交給王宮統一管理。

如此一來，企圖藉由擁戴不擅社交的「聖女」搭上關係的貴族都將被迫改變計畫。

儘管會議上擔任大臣職務的人們並沒有把內心想法表露在臉上，想必有些貴族在得知消息後會毫不掩飾地表達不快。

從這些安排可以預料到會有這種反應。

「那麼，今日會議到此結束。」

宰相說完這句話，御前會議就此結束。
會議結束後，內務大臣和財務大臣依然站在原地交談，而軍務大臣約瑟夫僅用餘光瞥了他們一眼便離開了。
約瑟夫走往自己的辦公室，隨即發現艾斯里侯爵迎面走了過來。
艾斯里侯爵有一頭微鬈的金髮，眼角下垂的蒼藍眼眸讓他多了股溫柔氣質，看起來比實際年齡還要年輕。
然而，一反那看似和藹友善的外表，此人相當精明幹練，在約瑟夫心目中是不可輕忽的對象。
再者，他還是第一王子未婚妻伊莉莎白．艾斯里的父親。
縱使約瑟夫身負官職，在爵位上是對方更高。
年齡也是對方較大，而且彼此相互認識。
正當約瑟夫心想該打個招呼時，艾斯里侯爵就面帶笑容舉起一隻手。
約瑟夫當即停下腳步，輕輕點頭致意。
「你好，霍克卿。會議結束了嗎？」
「你好，艾斯里侯爵。會議不久前結束了。閣下可是要去面見陛下？」
「對，我是應陛下傳喚前來的。應該是要商議『聖女』大人的亮相典禮吧。」

兩人和顏悅色地寒暄幾句，但他們同為歷經過無數次爾虞我許的高階貴族。

艾斯里侯爵閒話家常似的說出了國王傳喚他的原因。

雖說這裡比較僻靜，沒有多少人經過，不過在王宮走廊上談話的內容隨時都有可能被別人聽到。

實際上，走廊上不只有警衛騎士站崗，還有少數侍女在走動。

「聖女」的亮相典禮一事，內務大臣接下來會通知各家貴族。

儘管現在公開這個消息不會構成問題，然而艾斯里侯爵在這種地方提起這件事究竟有何目的？

約瑟夫心中疑惑，只是表面上仍不動聲色。

「原來是這樣啊。」

「會議上應該有談到此事吧？」

「有的，我才剛從陛下口中得知此事。內務大臣想必隨後就會通知各家貴族吧。」

「這樣啊。亮相典禮結束後應該會舉辦舞會吧？」

「是的，據說有這樣的規畫。」

「那真是太好了，大家可都很期待見到『聖女』大人呢。說起來，『聖女』大人是第一次出席正式舞會吧？看樣子會有很多人搶著當她的舞伴。」

「想來是如此。」
舞會和亮相典禮一樣，已經確定會由內務大臣傳達下去。
這個話題沒有什麼好保密的。
不過，談到一半，約瑟夫忽然明白過來了。
就在艾斯里侯爵提及「聖女」舞伴的這一刻。
約瑟夫猜測，艾斯里侯爵真正想談的恐怕是這件事。
他的判斷很正確，艾斯里侯爵接著就神情自若地提出了尖銳的問題。
「你們家老三做好決定了嗎？」
「什麼決定？」
「要不要爭取當『聖女』的舞伴啊。哎，我想他會爭取吧？」
「這我也不曉得，尚未從三弟那邊聽到任何消息。」
艾斯里侯爵口中的老三，指的是霍克邊境伯爵的三子——第三騎士團的團長艾爾柏特。
而約瑟夫是長子，艾爾柏特在他的視角中就是弟弟。
約瑟夫並沒有說謊。
他只是沒說出自己也猜測艾爾柏特會出面爭取當聖的舞伴而已。
「沒消息嗎？我聽說他對『聖女』大人可是一片痴心啊。」

「似乎是這樣呢。」

艾爾柏特的傳聞在貴族之間已是人盡皆知的事。

即使否認也毫無說服力，約瑟夫便泛著苦笑同意這個說法。

見約瑟夫認同，艾斯里侯爵笑意更深地繼續說道：

「大家不都說『聖女』大人對霍克團長也比較容易敞開心房嗎？要是他站出來的話，人選當下就確定了吧。」

「這一點我也無法說得很肯定，畢竟『聖女』大人與許多人相交甚篤，不是只有艾爾柏特而已。」

「也對。不過，撇除藥用植物研究所的人不看，不是騎士團就是宮廷魔導師團……全都是隸屬軍部的人啊。」

儘管嘴邊噙著笑意，艾斯里侯爵的眼底卻閃過一絲寒光。

頃刻間，現場氣氛凝重起來，但約瑟夫並未因此有所動搖。

他和艾斯里侯爵一樣帶著笑容開口說：

「大概是因為討伐魔物的時候經常同行的緣故吧。『聖女』大人似乎本來就不太會離開研究所，想來也沒什麼認識其他人的機會。」

「這我也有耳聞，會去的地方頂多只有王宮圖書室的樣子。」

「據我所知，她最近經常來王宮上課。或許也交到了一些軍部以外的朋友。」
「這個嘛，我倒是未曾聽說呢。」
「無論如何，舞伴的人選取決於『聖女』大人。**想必沒有我們置喙的餘地**。」
「會議上提到了這件事嗎？」
「對。**人選的問題全權交由『聖女』大人決定**。不過，若陛下改變心意要親自擔任舞伴，那就不好說了……」
基本上，舞會被視為未婚男女互相認識的場合。
更何況斯蘭塔尼亞王國是一夫一妻制，膝下已有兩子的國王不適合作為聖的舞伴人選。
然而，約瑟夫提起國王是有理由的。
那是因為，王妃於十多年前病逝後，國王至今仍未再婚。
沒有婚配的國王出現在候選名單上也不會有形式上的問題。
而且約瑟夫說得沒錯，縱使聖與艾爾柏特兩情相悅，國王還是能夠強行介入兩人之間。
姑且不提聖，艾爾柏特是貴族子弟，地位比不上國王。
但是，艾斯里侯爵當場就否定了約瑟夫的推測。
「哈哈哈……這可真是無稽之談啊。陛下的心上人從來就只有那麼一位。」
「確實如此。」

如同聖與艾爾柏特的傳聞，國王對亡故王妃一往情深也是相當有名的佳話。

即使再婚一事重提了好幾次，國王還是沒有另娶他人，由此便可證明這一點。

約瑟夫之所以提到國王可能也是人選之一，是因為他無法明確否定除了軍部以外，完全沒有人與聖有一定以上的交情這件事。

「那我差不多該走了，否則可能會觸怒陛下。抱歉，一沒注意就說了這麼久。」

「不會，我才該道歉耽誤到您的時間。」

沒有我們置喙的餘地。

人選的問題全權交由「聖女」大人決定。

也許是從約瑟夫口中套到這兩句話，艾斯里侯爵結束了話題。

他稍後還有面見國王的要事在身，約瑟夫也就不再留他。

「我倒認為，如果對象是霍克團長也無妨。」

擦肩之際，艾斯里侯爵用只有約瑟夫聽得到的音量吐露出這麼一句，而約瑟夫聞言則勾起一邊嘴角。

霍克家族與艾斯里家族分別是軍部與文人的派系，但兩家前幾代都曾經與王室成員聯姻過，所以在親國王派這點上是一致的。

既然與國王交情深厚的艾斯里侯爵不在意對象是艾爾柏特，那代表國王可能也抱持同樣的看法。

艾斯里侯爵在這種地方找約瑟夫攀談的目的只有一個，那就是讓周遭的人們聽到彼此的對話。

以寒暄的形式透露的諸多內容，其實都是故意說給那些沒有機會接近聖而感到不滿的軍部外人士聽的。

艾斯里侯爵應該是要藉由約瑟夫的發言消消那些人的怒火。

又或者是為了讓他們放鬆警惕。

約瑟夫猜想，剛才的談話內容恐怕明後兩天就會擴散到一定的範圍。

有些貴族只聽得進自己想聽的話。

約瑟夫剛才那番話，部分人們會解讀為霍克家族沒辦法對聖的舞伴人選採取任何對策。

就算約瑟夫並未斷言就是如此，這些人想必還是會因此放下戒備。

那麼，自己又該如何行動呢？

約瑟夫思考著今後的打算，同時繼續邁步走向辦公室。

◆

霍克邊境伯爵家是代代從軍的武家門第，掌握著斯蘭塔尼亞王國的軍權。

霍克家族的家主有三個兒子，長子約瑟夫是軍務大臣，次子埃爾哈德是宮廷魔導師團的副師團長，三子艾爾柏特則是第三騎士團的團長，三人分別在軍部擔任要職。

由於擔任要職的緣故，三兄弟都過得很忙碌，且長子住在王都的邊境伯爵府，次子與三子住在各自的隊舍，平常見個面都不太容易。

而此時，三兄弟正齊聚於王都的邊境伯爵府起居廳。

這天恰好是王宮通知各家貴族即將舉辦「聖女」亮相典禮的隔天。

召集人是約瑟夫。

他詢問埃爾哈德和艾爾柏特要不要找一天共進晚餐，兩人都答應了。

這畢竟是身為軍務大臣的約瑟夫提出的邀約，他們兩人都覺得晚餐是藉口，應該是要談軍事相關的議題。

然而，召集的目的並非如同他們兩人所想。

「你說相親……」

「沒錯。」

晚餐後，三人從飯廳移到起居廳，約瑟夫這才說出今天把兩人叫來的目的。

聽到意料之外的言詞，埃爾哈德眉頭深鎖。

艾爾柏特也一樣。
雖然他的表情不若埃爾哈德難看，但也是相當僵硬。
他們兩人對婚姻都不太感興趣。
原因在於約瑟夫從幼年到結婚為止的期間，女性們圍繞著他展開鬥爭。
家世、外貌與前途三者兼具的約瑟夫在過去是備受看好的結婚對象，吸引各方青睞。
從小就有成群的千金們想成為他的未婚妻，這是眾所皆知的事情。
千金們不會當著約瑟夫的面起爭執，只在他看不見的地方上演激烈的較勁。
不過，約瑟夫是掌握軍權家族中的嫡長子。
願意為他擔任眼線的人不在少數。
那些人會把各種消息傳遞給他。
千金們的鬥爭當然也不例外。
傳進約瑟夫耳中的種種鬥爭事蹟，已足夠破壞他對女性的美好嚮往。
但他自身是貴族的嫡長子。
有朝一日必須結婚，生下繼承人。
從小灌輸的教育讓約瑟夫深知這一點，很乾脆地選擇了政治聯姻這條路。
於是，他在王立學園升上最高年級後，經由父母介紹決定了未婚妻，一畢業就結婚了。

慶幸的是，父母可能考量過約瑟夫的性格和喜好，介紹的未婚妻個性很合他的意。

後來詢問之下，才知道對方也抱著相同的想法。

以結果而言，雖說是政治聯姻，約瑟夫和妻子結婚多年依然感情融洽。

約瑟夫就這樣順利步入了婚姻。

然而，埃爾哈德和艾爾柏特就不是了。

以局外人的角度目睹約瑟夫周遭的女性鬥爭後，他們兩人都開始遠離各家千金。

尤其是當時正值敏感青春期的埃爾哈德甚至對女性產生反感，這在社交圈是非常有名的事情。

即使他們已經大到可以尋找結婚對象，兩人仍避免與各家千金有所交往，盡可能遠離社交場合。

埃爾哈德從學園畢業時，約瑟夫的孩子正好出生，父母便不再把兩人強拉去參加晚宴等地方。

因此，縱使斯蘭塔尼亞王國的適婚年齡比日本還要低，兩人仍舊沒有結婚。

隨著年紀增長，埃爾哈德和艾爾柏特對女性的反感已有所減緩。

儘管如此，他們與女性之間頂多只有公事上的交流，不會展露笑容或表現出其他親切友善的言行舉止。

社交場合就更不用說了，到現在還是避而不去。

他們兩人就是這樣。

一聽到要談相親的事，當然不會有好臉色。

尤其是有心儀對象的艾爾柏特。

「沒必要。」

「別這樣，至少先聽我說完啊。這次的對象可是現在引起高度討論的女性。」

「引起高度討論？」

見埃爾哈德冷淡地一口回絕，約瑟夫便咧嘴一笑。

艾爾柏特聽著兩位兄長的對話，得知是「引起高度討論的女性」便挑起半邊眉毛。

「那位女性你們兩個都見過，也就是聖．小鳥遊小姐。你們應該都認識她吧？」

聽到兄長帶著促狹的笑容說出對方的名字，埃爾哈德嘆了口氣，艾爾柏特則睜大雙眸。

約瑟夫對他們兩人的反應很滿意，便接著說下去。

由於聖會參與討伐魔物，即使還沒舉辦亮相典禮，部分貴族還是知道她的存在。

她面對討伐工作也相當認真努力，派赴地點的領主們對她的評價都非常好。

根據不知從哪兒來的傳聞，即使聖的上司約翰要她謹慎一點，她依舊在旅途中創下不少事蹟。

而這也讓她的評價隨之水漲船高。

有的人單憑「聖女」這個地位就看出其價值，有些人更是從領主們的說法中嗅到獲利的機會。

因此，想跟聖成為姻親的家族接連打算提名聯姻的人選。

與聖有實際交情的兩人都靜靜地聽著，但約瑟夫一說起聯姻人選，艾爾柏特的臉色就沉了下來。

「關於聯姻人選一事，我認為我們家也該提名人選。幸好家裡的單身男性有兩位，而且和對方都已經互相熟識了。」

約瑟夫在說明原委時和平常一樣近乎面無表情，這時臉上又再次浮現笑意。

對照之下，埃爾哈德和艾爾柏特的表情都從一開始的不耐煩轉為嚴肅。

「不過對方只有一人，即使是我們家也不好當著其他家族的面同時提名兩人。那麼，你們哪一個要成為人選呢？」

「我都可以。」

「「！」」

霍克邊境伯爵家坐擁的地位和權力在斯蘭塔尼亞王國足以名列前茅。

但如果他們仗著權勢擁立兩名人選，想必其他家族也會跟進，變成一個家族擁立好幾名人選的情況。

平添混亂並不是約瑟夫的本意。

於是，他表示要從埃爾哈德和艾爾柏特之中提名一人。

當然，約瑟夫也聽說過艾爾柏特的傳聞，所以他其實是打算擁立艾爾柏特的。

不過，埃爾哈德剛才的發言可以解釋為他不排斥成為聯姻人選。

面對意想不到的事態，約瑟夫和艾爾柏特吃驚得瞪大眼睛，一同將視線定在他身上。

而埃爾哈德狀似沒有察覺到他們的態度，繼續說了下去。

「我和她共事過幾次，她既勤勉又具有學識修養，從不會驕矜自滿或刻意奉承討好。如果對象是她，我可以成為聯姻的人選。」

埃爾哈德很難得會針對一名女性說這麼多話。

而且還是在稱讚人家。

縱使最近不再那麼排斥女性，**那位**埃爾哈德對女性做出如此善意的發言依然是件極為罕見的事。

以日本的諺語來說，那就是「明天要降下長槍雨了」。（註：等同於中文的「明天要下紅雨了」）

再者，他這次還明確說出了「我可以成為聯姻的人選」這句話。

由於事情太過反常，約瑟夫和艾爾柏特都愣怔地注視著埃爾哈德，而他接著瞟了艾爾柏特一眼。

「不過，艾爾柏特的事我也略有耳聞。我們家要推派人選的話，還是他比較適合吧。」

「……我明白了。姑且再問一句，艾爾柏特你也贊成這麼做吧？」

「是的，麻煩了。」

看來埃爾哈德那番令兩人感到青天霹靂的發言有一半是玩笑話。

見他勾起一邊的嘴角，約瑟夫便作此解讀，然後疲憊似的倚靠在沙發上。

而艾爾柏特一瞬間浮現如釋重負的表情，但又立刻向埃爾哈德投以埋怨的眼神。

畢竟埃爾哈德平時幾乎不開玩笑，艾爾柏特惴惴不安地以為他是說真的。

以艾爾柏特的立場而言，他並不想與兄弟相爭。

「我這邊也收到很多消息，你確實比較占優勢。不過，在真正確定下來之前也很難說會不會有其他變數。」

「是的。」

約瑟夫依然靠在沙發上，只是臉色凝重了起來，艾爾柏特見狀便端正坐姿。

雖然約瑟夫沒有明講隨著競爭激化可能引發哪些問題，但艾爾柏特似乎已經聽懂兄長的意思，於是正色點了點頭。

他們都曾經是那些風波的中心人物。
會發生什麼事並不難想像。
約瑟夫眼神嚴峻地與艾爾柏特談完後，接著看向埃爾哈德。
「這麼說來，德勒韋思師團長會參加舞會嗎？」
「他的家人好像要求他參加，本人倒是一直在嫌麻煩。」
歷代宮廷魔導師團的師團長都出自德勒韋思家族這支名門，一直以來給人的印象就是個對權力慾望不太強烈的望族。
然而，現任家主對權力的慾望很強。
執著於權力的家主發現兒子的天分不堪擔當宮廷魔導師團的師團長之後，便立刻收養了具備才能的平民，將其當作德勒韋思家族的棋子推上師團長的寶座。
那位家主不可能不趁此機會利用與「聖女」有所關聯的棋子——尤利。
「這樣啊。其實我也希望德勒韋思師團長能參加舞會就是了。」
「什麼？」
「各大家族應該都打算藉這次的舞會接觸聖小姐。可以的話，我想把自己人都安排到她身邊。」
「他也算自己人嗎？」

「以軍閥的角度來看算是自己人吧。再說，只要你好好管住他就不會有問題了。」

「唉……麻煩是麻煩，但也只能這樣了。」

聽到約瑟夫這麼說，埃爾哈德毫不掩飾抗拒的表情。

既然艾爾柏特要成為聯姻的人選，埃爾哈德就沒有參加舞會的必要。

未料約瑟夫希望埃爾哈德和尤利都要參加舞會。

「並不一定要求助德勒韋思師團長，找第三騎士團的人不也行嗎？」

「這會有一點問題。雖然我剛才說要安排自己人，但不能完全都是我們這邊的人。」

艾爾柏特帶著不滿的神色提出建議，不過約瑟夫苦笑著搖了搖頭。

約瑟夫表示，在霍克家族能夠控制的範圍內讓其他家族也參與進來是很重要的一件事。

要是把第三騎士團的人安排到聖的身邊，顯而易見就是清一色霍克家族的勢力。

這樣形同霍克家族獨占了「聖女」，想必會引起其他家族的不平。

從這一點來看，如果尤利在的話，看起來就像是德勒韋思家族也有參與競爭，比較不會引起不平的聲浪。

「德勒韋思家族也握有一定的權勢，多少能呈現出跟我們勢均力敵的感覺吧？」

「話是這麼說沒錯……」

「你別板著一張臉。德勒韋思師團長看似對聖小姐很感興趣，但只是對她的魔法感到好奇吧？」
約瑟夫這番話是大半人們的看法。
尤利感興趣的部分，在於聖的魔力及「聖女」的法術。
艾爾柏特也如此認為。
但是，看到尤利對聖的態度之後，他內心隱隱有些不安。
這究竟是因嫉妒而生的不安，還是某種預感？
到最後，艾爾柏特還是無法做出判斷，只好同意了約瑟夫的說法。
「這樣一來，就是我們和德勒韋思家族，然後約翰好像也會出席，所以算上瓦爾德克家族就是三家了吧。如果能再找來兩三個家族的人就更理想了。」
「確實如此。不過，要找到能夠控制且好配合的家族並不容易。」
「而且還得是艾爾柏特不討厭的對象，實在相當有難度啊。」
「兄長……這一點不需要納入考量。」
「哈哈！抱歉，你別生氣啦。對了，找第二騎士團的副團長怎麼樣？」
「聖應該不太喜歡他。」
「那豈不正好？」
「第二騎士團的副團長是那個男人吧？我記得他不是已經結婚了嗎？」

「結婚了啊？」

第二騎士團的副團長很崇拜聖一事，在隸屬軍部的人之間引發不少討論。

不知何時也傳進約瑟夫耳中了。

副團長的身分和家世都沒有問題，也確實是約瑟夫等人控制得住的對象。

只不過，難得提到了他，卻因為埃爾哈德的一句話而沒能加入陣容之中。

由於舞會基本上被視為未婚男女認識彼此的場合，聖的舞伴是未婚男性才符合周遭人們的期待。

順道一提，副團長是單身。

埃爾哈德認為他可能已經結婚，其實是記錯了。

當然，埃爾哈德並沒有惡意，只是隱約有這樣的印象，慎重起見便說出來罷了。

但約瑟夫也純粹是偶然想起才隨口一提，並沒有堅持一定要找他。

因此，找副團長加入的提議就這樣輕易作罷，對他而言是極為遺憾的一件事。

後來三人繼續討論稱不上作戰計畫的相關要事，霍克家的夜色愈漸深濃。

◆

各家貴族接到即將舉辦「聖女」亮相典禮的通知之後經過幾日。

王都瓦爾德克伯爵府的小廳內，約翰正獨自踩著舞步。

儘管不同於過去跟著講師學舞的時候，也沒有人指導音樂，不過身體似乎還記得。

舞步固然簡單，但畢竟很久沒跳了，約翰發現自己跳得還不錯便鬆了口氣。

他反覆跳著舞，不知跳完第幾遍後正適合告一段落之際，耳邊就傳來了鼓掌聲。

約翰停下腳步看向小廳的入口，便看到一名五官與自己相似的男性正滿面笑意地拍著手，不曉得是何時來的。

那是比約翰年長五歲的兄長洛蘭特。

「真難得耶，竟然能看到你在跳舞。」

「嗯，就練一下……倒是兄長在這種時間出現才真是難得。」

「沒什麼，聽說你在練舞就過來看看了。」

洛蘭特是現任家主——即他們父親的左右手，有許多優異的表現。

天色還很亮，對於平時很忙的洛蘭特而言，這時間回家太早了。

難道是難得有了空閒嗎？

約翰疑惑地看著這種時間待在家的洛蘭特，而洛蘭特回答的則是不成理由的理由。

於是約翰眉頭深鎖。

他出身的瓦爾德克家族在諸多伯爵家中也占有崇高的地位，在王宮內握有相當程度的話語權。
因此，身為嫡長子的洛蘭特受到的教育比約翰更嚴謹。
慶幸的是，洛蘭特能力優秀，如同周遭的期待成長為出色的繼承者。
他和約翰一樣擁有溫柔的長相與親切和善的態度，乍看之下是個溫順敦厚的人。
然而，了解洛蘭特的人都知道不是只有如此而已。
身為弟弟的約翰當然也很清楚，洛蘭特具備與下任家主相應的性格。
再怎麼難得，這男人出現在這裡不可能單純只是為了看弟弟練舞。
應該是有其他目的吧。
約翰如此想道，等待著洛蘭特的下文。
「你這時候練舞是為了參加這次的舞會嗎？」
「我是有這個打算。」
「果然是因為『聖女』大人要親臨會場嗎？」
「她算是我的部下啊。」
聽到「聖女」這個字眼，約翰心想洛蘭特大概是要問聖的事情。
自從通知要舉辦亮相典禮之後，「聖女」就成為貴族之間目前最熱門的話題。

除了王宮和研究所以外，聖幾乎不曾去過其他地方，認識她的人並不是那麼多。

頂多只有研究所和第二、第三騎士團的人，再來就是少數文官了。

而這當中會參加晚宴的人更是稀少。

因此，聽說在晚宴之類的社交場合上，很多人都會聚集在認識「聖女」的人們身邊打探消息。

約翰本身不會去那種場合，但洛蘭特經常參加。

儘管洛蘭特並不認識聖，不過他的弟弟約翰是藥用植物研究所的所長。

人們圍繞在他身邊想打聽「聖女」的消息也很正常。

於是，約翰便推測洛蘭特是為了提供話題才來詢問關於聖的事情。

不過，這個想法立刻轉為疑問。

洛蘭特會專程跑來問這種事嗎？

「你倒是很注意她。」

「多多少少吧……畢竟她的立場有點特殊。」

「是啊，她在舞會上應該會邀約不斷吧。」

聽到兄長的回答，約翰泛起苦笑。

洛蘭特所說的這句話。

正是為了這個原因，這幾年都沒有出席社交場合的約翰才會參加這次的舞會。

如同約瑟夫在霍克家向弟弟們說明的一樣，隨著聖在外地打開名聲，她的身價也因此大為提升。

所以在她正式出席社交場合的舞會上，想必會有許多人試圖與她結下緣分。

就算是現在，光是認識聖就會被團團圍住。

不難想像會是如此。

想結下緣分的人們一開始採取的手段應該是出聲搭話。

這倒沒什麼好擔心的。

重點在於跳舞。

聖在王宮接受的課程也包含了舞蹈課，要跳舞並不是問題。

只不過，舞蹈相關禮儀中存在著些許問題，必須小心提防才行。

舉例來說，共舞次數最多的異性會被視為當事人心目中的最佳結婚人選。

有些人會反過來利用這個禮儀，宣稱自己與意中人是兩情相悅，藉此逼婚。

因為這個緣故，除了配偶和訂婚對象之外，通常不會跟同一人共舞兩曲以上。

單純從聖的地位和名聲來看，有人極有可能會反過來利用這個禮儀。

王宮早已料想到這一點，在通知舉辦舞會的時候也要求不得出現這種行為。

雖然可能性大概會因此降低，但不能保證不會出現。
按聖的個性來說，她應該拒絕不了別人的邀舞。
她總歸上過禮儀課，如果遇到紳士一點的邀約，或許還有辦法拒絕跳第二曲。
但對方用強硬的態度要求跳第二曲的話，她能否巧妙地避開就令人存疑了。
聖畢竟是成年人了。
可能用不著自己這麼擔心她。
更何況，聖和艾爾柏特感情融洽是不少人都知道的事。
即使有人和聖跳兩曲以上，還是無法推翻艾爾柏特的優勢。
然而，他們兩人並沒有訂婚。
有人說不定會賭上這一絲希望，而且要是變成這樣，不用想也知道會引發麻煩。
於是，約翰一想到這個擔憂成真的後果，便不得不擬定對策。
麻煩事不要發生是最好的。
約翰擬定的對策是限制聖的跳舞對象。
有他、艾爾柏特，再加上一人的話，之後就能用累了當藉口拒絕邀舞。
只要跳過幾支舞，就算聖無法拒絕，他和艾爾柏特也能代為拒絕。
約翰抱著這樣的想法，決定參加很久沒去的舞會。

也許是知道約翰的盤算，洛蘭特手抵下巴稍作思忖後，笑意更深地開口說：
「這樣啊，所以你要和『聖女』大人跳舞嗎？」
「我是這麼想的，一開始和熟悉的對象跳舞也比較好。」
「也對。那你打算就這樣跳個兩三曲嗎？」
「嗄？」
一瞬間沒理解過來，約翰這聲回應很不符合貴族的氣質。
洛蘭特並未放在心上，接著繼續說：
「現在都在討論『聖女』大人的結婚對象。」
「結婚對象嗎？」
「對。很多家族都有擁立人選的動作，而我們家最有力的人選就是你了。」
聽到這裡，約翰便知道洛蘭特來這裡的目的就是要談聖的結婚對象。
約翰把所有注意力都放在眼前的舞會上，但周遭似乎同時在研議最根本的結婚對象。
他明白洛蘭特的意思。
在包含分家的瓦爾德克一族中，與聖最接近的就是約翰。
而且關係也不差。
周遭人們推舉約翰作為最有力的人選並不是什麼怪事。

「擁立人選是想做什麼？」
「那還用說，當然是向王宮提交簡歷和肖像畫啊。以你的情況而言，可能不需要肖像畫就是了。」
縱使內心早已明白，約翰還是愕然地問道，而洛蘭特的回答一如他所想。
也就是所謂的貴族相親。
要說跟平常哪裡不同的話，就是提交對象不是對方家族，而是王宮這一點吧。
約翰感到腦袋隱隱發疼，便用右手按住額頭。
「我拒絕。請你推掉擁立人選的事。」
「分家那邊很吵啊，其他人非要我這麼做不可。」
「就算如此我還是拒絕。」
「我可是幫你謀取了不少方便，這麼說還真是無情啊。」
「唉，我一直對此感到很抱歉……」
「如果你願意回報哥哥一點恩情就好了。」
「一碼歸一碼。再說商會那件事，撇除金錢不談，應該有在其他方面獲取利益吧？」
聽到洛蘭特的回應，約翰瞇眼一瞪，而洛蘭特則笑著聳了聳肩。
對於銷售聖的美容用品一事，約翰的確明白自己給身為家主的父親及洛蘭特添了麻煩。

尤其是在設立聖的新商會之前還有其他貴族出來插手，他知道家裡耗費了多少心思應對這些人。

儘管如此，在將美容用品轉介給商會這件事上，瓦爾德克家確實在有形無形間獲得了某些利益。

因此，他不認為這個恩情有大到足以拿來商量這次的相親。

不過洛蘭特也理解這一點，提到商會的事單純是在開玩笑。

「再說，你想跟霍克家為敵嗎？」

「這倒是不想。」

「那就放棄吧。我也不想阻撓朋友的情路。」

「是嗎？我還以為這個提議很好呢。」

約翰非常清楚，即使是再有力的人選，那也僅限於派系之中而已。

畢竟，真正最有力的人選是他的摯友。

假如約翰成為人選，艾爾柏特大概也不會生氣。

縱使這麼想，但為了說服洛蘭特放棄，約翰還是提起艾爾柏特的家名，而洛蘭特相當乾脆地打消了念頭。

洛蘭特也和約翰一樣，從以前就和霍克家的兄弟交情很好。

艾爾柏特和聖的事情也傳入了他的耳裡。
所以洛蘭特不過是問問罷了。
若約翰同意的話，那就少了一樁麻煩事。
雖然約翰在內心大喊「一點也不好」，但最後也只是狠狠地瞪了洛蘭特一眼。
洛蘭特對約翰的視線淡然處之。
接著，他拍了一下約翰的肩膀，然後就離開了。
約翰目送兄長離去的背影，嘆了一口氣後再次開始練舞。

第三幕　目的

意外和天宥殿下相遇後，我立刻去找所長報告這件事。

「妳說什麼？天宥殿下來這裡了？」

「對，我們在藥草田澆水的時候，他突然從背後出聲……」

「喂喂喂，這我可沒聽說啊。」

我和裘德一起說明事情經過，所長便用單手覆蓋雙眼，並且仰首望天。

聽所長說，他並沒有接到天宥殿下要來研究所的消息。

如果有事先聯絡，他一早就會通知我。

尤其是我一直在避免跟天宥殿下碰到面，只要王宮有聯絡研究所，就算不是一早也會立刻通知我吧。

但是，他沒有接到相關消息。

我和裘德不經意地往彼此看了過去。

我們兩個都是同樣的心情吧。

所長應該也是。
於是，所長立即聯絡王宮。
報告、聯絡和商量是很重要的三件事。
結果我們得知王宮也沒有掌握到天宥殿下這趟造訪研究所的行程。
看來天宥殿下是自作主張來到研究所的。
這樣好嗎？
不，這並不好。
這件事當然成為了問題。
不管怎麼說，天宥殿下是他國的王室成員。
頂著這個身分在王宮裡隨處亂走是會引發問題的。
更別說他去的地方是滿滿存放著機密情報的國家研究設施。
儘管本人聲稱是散步時不小心闖進來的，但被懷疑是產業間諜也沒辦法。
而且那間設施還是「聖女」所在的藥用植物研究所，這就更啟人疑竇了。
不過，「聖女」在藥用植物研究所的事情並沒有告訴迦德拉的一行貴賓。
也因此，這次只鄭重提醒天宥殿下就不再追究的樣子。
但現在天宥殿下身邊隨時有名為護衛的監視者同行，而這也無可奈何吧。

順便補充，並不是打從一開始就沒有護衛在他身邊。

負責護衛的騎士原先要跟他一起來，然而遭到了婉拒。

他說只是想去從房間看得到的庭園走走，呼吸一下外頭的空氣。

縱然如此，騎士慎重起見還是守在不遠處看著，卻在中途被其他人叫住，稍微移開視線後就看不到天宵殿下的身影了。

在遭到婉拒後又獨自一人跟上去的騎士也讓對方有了可乘之機。

雖然倒楣事接連發生導致我和天宵殿下碰到面，但藥用植物研究所的視察已經結束，也有整頓態勢以便今後能夠確實取得事前聯絡，我想說應該沒問題便澈底安心下來。

只不過，我很快就發現自己想錯了。

聽說天宵殿下本來在自己的國家就是專攻藥用植物。

可能是因為這樣，在視察結束後，他還是會抽時間來研究所。

但現在已經能夠取得事前聯絡，我一接到通知就會去研究所以外的地方，再也沒和天宵殿下碰到面。

然而值得擔心的是，如果天宵殿下指名要見我該怎麼辦？

「請問是怎麼一回事？」

「唉，他這陣子每次來的時候都會問黑髮研究員在不在啊……」

某天被叫去所長室後，所長就憂心忡忡地開啟話題。
最近常常來研究所的天宥殿下，似乎正在找黑髮研究員的樣子。
這間研究所只有我是黑髮。
我不記得那天他有針對外表說些什麼，看來是記住了我的髮色。
印象中他當時沒說什麼特別的事情，連提都沒提到；實際上卻對跟自己相似的髮色產生了興趣嗎？
「這真是傷腦筋了呢……」
「是啊，真困擾……」
我和所長都垂下了眉梢。
即使天宥殿下在找我，既然王宮那邊要求不能跟他碰面，那我也沒辦法說什麼「那就見面吧」的話。
但都已經見過一次了，一直不見面也不太妥當。
無論怎麼看都像是在逃避。
不過這也沒什麼好說的，我確實就是在逃避。
只是被對方發現就會造成問題。
我和所長思索著對策，然而歸根究柢還是只有一個方法。

我們的結論就是去跟王宮那邊商量。
遇到難題時，最好去詢問上頭的意思。
商量完的隔天，王宮那邊就回覆了。
聽所長說，王宮那邊也認為既然已經見過一次面，再繼續避不見面恐怕有失妥當。
所長沉著臉告訴我，下次天宥殿下來訪時，我也要待在研究所。
另外還提到了幾個面會天宥殿下時的注意事項。
而在王宮回覆後經過兩天，我們就接到天宥殿下要來研究所的聯絡。
這速度快得像是算準時機似的，但可能是我的錯覺吧。
根據聯絡內容，天宥殿下會在中午過後來到研究所。
看樣子是要處理完其他事再過來。
「啊……」
天宥殿下來訪當天。
當我正在把預計批售給騎士團的中級ＨＰ藥水裝進瓶子時，研究室門口就傳來了小小的驚呼聲。
我與一同工作的裘德循著聲音看過去，就發現睜大雙眼的天宥殿下和隨從們站在那裡。
我們將手裡的瓶子放到工作臺上，然後恭敬地行了禮；而他立刻回說「請放輕鬆」。

「你們在製作藥水嗎？」

「是的。」

「這數量好多啊。」

「王宮使用的藥水也是研究所製作的，所以才會這麼多。」

一開始提到的果然是數量。

最近都沒有人會追究這一點，讓我感到有點新鮮。

研究所的人大概都麻痺了，見到這副景象也不會多說什麼。

天宥殿下驚訝地注視著桌上成排的藥水。

由於聽說天宥殿下今天要來，我已經減少製作數量了，但似乎還是太多了。

「這些都是妳一人做的嗎？」

「不是的……」

只要知道一般藥師一天能做的藥水數量，都會覺得天宥殿下這句話違背常識。

精通藥用植物的他，不可能不知道這一點吧。

他為什麼會如此認為呢？

我一邊否定天宥殿下的問題一邊不解地偏過頭；而他則不好意思地笑著低聲回了句「說得也是」。

他可能也發覺自己問了一個有點荒唐的問題吧。

當然，擺在桌上的藥水全都是我一人製作的。

但是，所長要我盡可能隱瞞製作藥水的才能。

所以我對天宥殿下撒了謊。身為一個膽小怕事的人對這種行為實在很內疚。

也許是這個想法所致，話題到這裡暫時中斷，一股沉默在室內蔓延開來。

總覺得有點尷尬，我向天宥殿下輕輕點頭後，再度回去工作。

天宥殿下可能也是相同的心情，並沒有出言責怪。

我沉默著將藥水裝瓶，原本也沉默著看我們工作的天宥殿下忽然詢問瓶內裝的是不是中級ＨＰ藥水。

我點點頭後，他手抵著下巴，露出思索的表情。

這次又要問什麼？

「你們沒在做上級ＨＰ藥水嗎？」

「上級嗎？」

面對突如其來的問題，我不由得反問回去。

話一說出口，我察覺到用問題回答問題很失禮，連忙要回答之際，天宥殿下狀似不在意地繼續說道：

「你們是分工製作這些藥水的，但即使不是每天，如果頻繁製作大量藥水下來，應該有人能夠做上級藥水才對。」

「這個嘛……確實有人會做，但經常失敗，所以就沒什麼在做了。」

「失敗？」

「是的。製藥技能等級不夠高的話，就會一直失敗。而且上級藥水的材料幾乎都是些昂貴品。」

「喔，確實如此。」

若要提升製藥技能等級，那就必須製作大量的藥水。

一般藥師要做好幾年的中級藥水，才能提升到製作上級藥水也不太會失敗的等級。

如果是藉由製作上級藥水來提升等級，雖然不用耗費這麼多年，但所需的材料費會非常昂貴。

而且一開始會失敗連連，沒辦法賣掉完成的藥水來賺回材料費。

另外，就算努力製作中級藥水將等級升到極限，要再繼續往上提升還是必須製作上級藥水才行。

而製作上級藥水來提升等級依然得面對費用的問題。

材料費高，意味著售價也很高。

有能力買上級藥水的人很有限，所以不太好賣，要賺回材料費並不簡單。

從結果來說，能把製藥技能的等級提升到製作上級藥水也不會失敗的人非常稀少。

這是大眾普遍的認知。

天宥殿下大概也很了解製藥技能相關的背景，簡單說明一下他就能夠理解了。

順道一提，我現在做上級藥水也不會失敗。

我之所以能把製藥技能升到這麼高，是因為我的魔力大於一般藥師，再來就是多虧了研究所這樣的環境。

可能是基礎等級高，最大ＭＰ數值也很高的緣故，我一天能做的藥水數量比民間的藥師還要多。

而且研究所的藥草田有種植上級藥水的材料，費用就沒有那麼昂貴了。

做好的藥水會批售給騎士團，所以成本的回收也很順利。

拜這些條件所賜，我才能放心地提升等級。

現在回想起來，惹所長生氣也是很美好的回憶（？）。

不過，我不能讓天宥殿下知道我的製藥技能等級有這麼高。

這是所長的指示。

後來，我們聊的都是四平八穩的藥草話題。

而在裝瓶的工作結束之際，時間也差不多了，天宥殿下便離開了研究所。

◆

自從不用再躲避天宥殿下後，我待在研究所的時間更長了。
說句老實話，我很想要像以前一樣住在研究所，但沒能得到許可。
因為比起外人頻繁進出的研究所，警備森嚴的王宮更為安全。
於是，我今天也在研究所工作，這時天宥殿下又來訪了。
我已經從研究員們口中得知情況，不過他真的很常來。
聽王宮的侍女們說，除了這裡以外，他也經常在各個地方露面。
總結來說，他的行程滿到令人擔心他有沒有好好休息。
但願他不會有一天倒下。
「妳今天也在做藥水嗎？」
「是的。」
我一邊攪拌小鍋子，一邊和天宥殿下交談。
換作平時，我會用大鍋子一口氣做好；但天宥殿下來訪的日子就是照一般做法來做。

坦白說，很麻煩。
然而，這也是所長的吩咐。
要是不好好遵守，後果會很恐怖。
順便說一下，要是天宥殿下看到我用大鍋子做藥水，他大概會追問很多問題。
如果要問哪一邊比較不麻煩，遵照所長吩咐這邊勝出。
所以我就照正常的方式做，不搞怪。
「妳還是在做中級ＨＰ藥水嗎？」
「對呀，畢竟是需求最大的。」
「沒做其他的藥水嗎？」
「偶爾會做ＭＰ藥水。當然是中級的。」
「這樣啊。」
由於騎士團的人比宮廷魔導師還要多，研究所的藥水也是ＨＰ藥水偏多。
研究所製作的藥水中，ＨＰ藥水占四分之三，ＭＰ藥水占四分之一。
雖然也有其他藥水，但跟這兩種藥水相比之下，只是很些微的數量。
此外，只要是同一級別的東西，做ＨＰ或ＭＰ藥水都不會影響技能等級提升的速度，要提升等級還是建議製作ＨＰ藥水。

話說回來，這應該不是天宥殿下期待聽到的答案吧。
我回答會做ＭＰ藥水之後，他的表情沒有變化，卻隱隱散發出一股沮喪的氛圍。
該確認一下他在期待什麼嗎？
當我正在思考時，天宥殿下就開口說：
「沒做除了ＨＰ和ＭＰ藥水以外的藥水嗎？」
「ＨＰ和ＭＰ藥水以外嗎？是這樣沒錯，其他藥水都是跟外面訂購的。」
「所以妳完全沒做過嗎？」
「如果是簡單的藥水，像是異常狀態解除藥水我倒是曾經做過。」
只要具備足以製作中級藥水的技能等級，就能製作幾種異常狀態解除藥水。
我曾經按照知道的配方試做過一次。
說出這件事後，天宥殿下就問我是解除哪種異常狀態的藥水；我則從做過的藥水中列舉幾種比較知名的。
而天宥殿下果然也曉得那些藥水的配方。
接著，話題逐漸擴展開來，聊到迦德拉那邊的異常狀態解除藥水。
天宥殿下告訴我的配方中，有些藥水具有相同的功效，但使用的是我沒聽過的材料。
看來是迦德拉才能取得的藥材。

不同的國家果然植被也不同。

天宥殿下提起那些配方的事情時，隨從的眉毛猛然抽動一下，說不定是不常見的配方。

希望不是國家機密。

總之，跟天宥殿下聊天很有趣，等發現時已經是下班時間了。

我還是第一次跟他聊到這麼晚，瞬間擔心起這樣會不會有問題，幸好似乎沒關係。

聽到他說今天已經沒有其他行程了，我這才撫胸鬆了口氣。

聊完這些事的隔天，我來到王宮的圖書室。

我是來找迦德拉植物的相關書籍，但不確定有沒有就是了。

對於天宥殿下確實有很多需要顧慮的部分。

不過，兩件事不能混為一談。

天宥殿下說的那些迦德拉特有材料讓正在研究藥水的我非常感興趣。

或許能結合在克勞斯納領學到的知識，創造出新的藥水也說不定。

想到這裡，我實在難以靜下心來。

我找了一下跟迦德拉有關的書籍，結果找到了幾本書。

但跟預期中的一樣很少。

而且大多是外交所需的社會經濟內容，比起書而言更像報告文件，找不到專門撰述植物的書籍。
我以為跟司書員表示想要迦德拉的植物圖鑑後，很快就能幫我訂到。
然而，這裡是異世界。
外國圖書要耗費很長一段時間才能送達。
興致高昂又充滿幹勁的我根本等不了那麼久。
既然這樣，就從現有的書籍中找找看有關植物的記述吧。
抱著這個想法，我拿起講述迦德拉經濟的書。
大致瀏覽過後，和我料想的一樣記載著迦德拉各地的特產品。
之所以著眼於特產品，是因為我想知道迦德拉有沒有跟克勞斯納領一樣以藥草為特產品的地區。
由於是講述他國文化的書，年代也有些久遠，提到的內容並不是那麼全面。
即使如此我還是瀏覽了一遍，看看有沒有寫到一些有趣的事物。
「唔～真可惜，什麼都沒有。」
除了一開始拿的書之外，其他書我也都瀏覽過一遍，但沒找到期待的內容。
我舉起雙手伸著懶腰，並在同時切換思緒，這下只能訂書了。
最省力的訂書方法就是拜託這裡的司書員。

畢竟是來自王宮的委託，能夠訂到的書籍種類也會很多吧。
不過，我有點猶豫。
目前並沒有必須查閱迦德拉藥草的理由。
單純是出於我的個人興趣。
為這種私事麻煩王宮的司書員會讓我有點過意不去。
若換作是更堂堂正正的理由，我就能毫無顧忌地請對方幫我訂書了……
有沒有其他方法呢？
我稍微想了一下，腦中忽然浮現弗朗茲先生的臉。
商會是為了批售美容用品而設立的，只不過基於種種原因也有請他們幫我進口迦德拉的食材。
儘管書籍是另一個領域，但現在說這個也太晚了。
更何況，比起拜託王宮的司書員，找商會比較沒有負擔。
雖然還不確定究竟能不能訂到，姑且就先問問看吧。
我思考著下次休假要去商會，從座位上站了起來。

◆

下個休假日——

我和弗朗茲先生他們約在王宮見面。

我本來打算去一趟商會，但聯絡弗朗茲先生後，他說希望能在王宮見面。

不能順道看看商會的情況讓我感到很遺憾，不過在弗朗茲先生的強烈要求下也沒辦法。

來到王宮一處房間後，弗朗茲先生和奧斯卡先生都已經在裡面等著。

我是按照指定時間來的，但還是讓他們稍微等了一下，真是不太好意思。

話雖如此，考慮到立場，我必須在他們後頭到場才行，這也無可奈何。

儘管我還沒辦法習慣就是了。

「迦德拉的植物圖鑑嗎？」

「是的。」

彼此簡短地寒暄後，我在沙發上坐下。

聊了一會兒商會的近況，我接著提起這次的目的。

一聽到我想訂購迦德拉的植物圖鑑，弗朗茲先生的視線便落在桌上。

「聖小姐要迦德拉的植物圖鑑做什麼？查迦德拉的食材嗎？」

「那也是其中一個原因，不過我主要想補充一點藥草知識。」

「藥草？」

「嗯，王宮現在有來自迦德拉的客人。」

「喔～是有聽說皇子殿下來了呢。」

「沒錯、沒錯，然後……」

在弗朗茲先生思索的時候，奧斯卡先生出聲問道。

他問我訂購植物圖鑑的原因，我便解釋了事情的經過。

那天我在研究所有機會跟皇子殿下交談，當時從他那裡聽聞迦德拉會使用特有的材料製作藥水，於是就對迦德拉的藥草產生了興趣。

就這樣簡單地按照順序說出來後，奧斯卡先生似乎也被勾起興趣，進一步提出疑問說：

「聖小姐對藥水很了解吧？那位皇子殿下的藥水知識豐富到連妳都產生興趣了嗎？」

「他真的懂得非常多。不只是藥水，就連藥草也是哦。跟其他人好像還能討論很艱深的話題。」

「哦？那妳都跟他說了什麼呢？」

「我沒有說太多，就大概回答他的問題而已。」

「什麼樣的問題？」

「這個嘛……比方說，像是能不能做上級藥水，會不會做ＨＰ和ＭＰ藥水以外的藥水之類的。」

「嗯……」

「然後就聊到異常狀態解除藥水，再來就提到了迦德拉的藥草。」

「原來是這樣啊。」

我回想跟天宥殿下的對話內容，轉述給奧斯卡先生聽後，他便將握住的手移到嘴邊，視線落在了桌上。

不只是弗朗茲先生，連奧斯卡先生都陷入沉思的樣子。

是注意到什麼事情了嗎？

「怎麼了？」

「唔～那位皇子殿下對異常狀態解除藥水也很了解嗎？」

「很了解哦。異常狀態解除藥水是依照症狀使用不同的藥材，沒想到他知道很多種藥水的材料呢。」

說到這裡，奧斯卡先生和弗朗茲先生面面相覷。

接著，他們一起看向我，然後弗朗茲先生緩緩開口說：

「其實，有一些事讓我略感在意。」

「在意的事？」

「是的。也因為這樣，我才決定今天要約在王宮見面。」

弗朗茲斂起一貫的溫和笑容，我不禁有些不安。

他在意的事情會是什麼？

我示意他們說下去，奧斯卡先生便開始說：

「聖小姐還記得在摩根哈芬遇到青瀾船長的事情嗎？」

「青瀾船長？我是還記得，不過他怎麼了嗎？」

「他現在也來到這個國家了，好像正在找藥師的樣子。」

「藥師……」

藥師這個字眼讓我忍不住皺起眉頭。

回想在摩根哈芬發生的事情，我立刻就明白青瀾先生尋找藥師的原因。

「關於這點……好像也不需要猜，是因為我給他的那瓶藥水吧？」

「沒錯。」

聽到奧斯卡先生強而有力的肯定句，我垂頭苦惱起來。

在摩根哈芬交給青瀾先生的那瓶藥水是我親手做的。

而且還是上級ＨＰ藥水。

雖然曾擔心過他會不會發現效力比市售藥水更強，但就算他發現了，我覺得只要一口咬

定那是上級藥水就好了。

因為摩根哈芬只有中級藥水而已。

青瀾先生應該分不出那瓶藥水和上級藥水的差別，我想說可以用這個理由堅持到底。

然而，這其中似乎有陷阱。

「青瀾船長好像誤會了。」

「誤會？」

「對，他以為這個國家的市井間找得到會做上級藥水的人。」

「咦？」

遇到青瀾先生的時候，我是喬裝成商人的女兒。

根據奧斯卡先生的說法，這就是造成誤會的原因。

聽完後，我露出難以言喻的表情。

奧斯卡看著我泛起苦笑，繼續說明青瀾先生那邊的情況。

早在摩根哈芬遇到我們之前，青瀾先生就在尋找優秀的藥師。

他要找的似乎是本領相當高強的藥師，至今沒一個看得上眼。

這也是當然的。

有本事做出上級藥水的藥師，大多都給國家延攬走了。

這時，出現了那瓶藥水。
而且持有者還是一介平民。
再考慮到青瀾先生對這個國家還不熟悉，他會判斷要找的藥師在城鎮裡，也沒什麼好奇怪的。
或許是遲遲找不到人的狀況促使他做出了這個判斷。
雖然不清楚箇中細節，總而言之，看到一線希望的青瀾先生似乎開始尋找做出那瓶藥水的藥師。
只不過，單憑一己之力還是找不到。
這也沒辦法。
實際上，即使是在斯蘭塔尼亞王國，做得出上級藥水的市井藥師也幾乎不存在。
更別說這種高手都被國家或大型商會延攬並藏起來了。
儘管如此，青瀾先生並沒有放棄。
他的最終手段就是直接找上奧斯卡先生打聽藥師的事情。
「當然，我並沒有告訴他。」
「謝謝。所以弗朗茲先生要求今天在王宮見面也是基於這個原因嗎？」
「不，那是其中一部分，但還有其他理由。」

「其他理由？」

「聖女」在貴族們面前亮相之後，由於長相已公開，我原本打算喬裝後再去商會。就像在摩根哈芬的時候一樣，戴上褐色假髮和眼鏡來改變外表。

這樣一來，就是青瀾先生熟悉的樣貌。

青瀾先生都已經跑到商會詢問藥師的事情了。

他很有可能會持續監視我們商會有沒有藥師進出。

要是喬裝成商人女兒的我前去店裡，搞不好會被他攔住。

畢竟弗朗茲先生他們沒有把藥師的事情告訴他，我覺得這個可能性還滿高的。

我以為弗朗茲先生是預測到這一點，才提議在王宮見面的……

結果我猜錯了。而弗朗茲先生看我偏頭不解，便說出了另外一個理由。

我完全沒想到還有這樣的事。

「理由跟船長的雇主有關。」

「雇主嗎？」

「是的。我看船長在尋找藥師便有些在意，稍微調查後就發現……」

在摩根哈芬都是和青瀾先生交易，倒是疏忽了這一點，其實青瀾先生有雇主。

所謂的雇主指的是迦德拉的商會，也就是本來的交易對象。

如同我們商會，那個商會也有會長，而且還有後盾的樣子。

弗朗茲先生他們在意的似乎是那個後盾。

「那個後盾應該就是目前人在王宮的皇子。」

「咦？」

「從狀況來推測，恐怕已經可以確定了呢。」

弗朗茲先生這番話讓我身體僵住，連奧斯卡先生都肯定地多補充一句。

奧斯卡先生口中的狀況，指的是青瀾先生的船和天宥殿下的船同時駛入摩根哈芬的港口這件事。

由於我還是沒理解過來，他便更加詳細地解釋給我聽。

天宥殿下這次是搭船來到斯蘭塔尼亞王國的。

海上危機四伏，他們是好幾艘船組成船隊，藉此越洋渡海。

船隊由主要人物搭乘的船及負責護衛的船組成，不過聽說經常會有其他船加入。

其他船是指與主要人物交情良好人們的船。

拿這次來說，主要人物是天宥殿下，交情良好的人們就是學者和商人。

在這個前提下，弗朗茲先生他們推論青瀾先生的雇主應該與天宥殿下關係密切。

進一步調查後，他們便發現商會的後盾是天宥殿下。

「後盾？」

「類似於聖小姐在我們商會的立場。但皇子殿下想來不會像聖小姐一樣開發商品吧。」

我？

像我這樣的也能當後盾嗎？

說起來，我的身分倒是可以和國王陛下同起同坐。

正當我邊聽邊逕自想通時，奧斯卡先生可能是看穿了我的想法，感到有趣似的笑了笑。

話說回來，青瀾先生背後有天宥殿下在啊……

稍微整理一下目前為止的資訊吧。

首先，弗朗茲先生等人因為有在意的事情，便要求在王宮和我見面。

他們在意的其中一件事，是青瀾先生正在尋找藥師。

不過，他跑到這個國家找人的起因雖然是我在摩根哈芬給他的藥水，其實他從以前就在尋找優秀的藥師了。

至於另一件事，則是青瀾先生背後有天宥殿下這個靠山。

將兩件事連結起來，就會浮現一個假說。

那就是青瀾先生之所以在尋找藥師，可能是受到天宥殿下所託。

再加上天宥殿下的確對藥草和藥水很了解，似乎更加證實了這個假說的正確性。

選在王宮見面的其中一個理由是青瀾先生的後盾，由此來看，弗朗茲先生他們或許跟我的想法一樣。

「難道說，在找藥師的不是青瀾先生，而是皇子嗎？」

「我們也如此認為。」

我詢問自己的推測是否正確後，弗朗茲先生便正色點了點頭。

果然是這樣啊……

討厭的預感成真，我無奈地半眯起眼。

就算是這樣，天宥殿下為什麼要找藥師呢？

考慮到至今為止的事，好像也不是單純在網羅優秀人才。

正當我拚命轉動思緒之際，奧斯卡繼續說：

「因為這個緣故，我們想請聖小姐暫時不要來商會。」

「這樣啊。」

「嗯。對象是青瀾船長還行，換成皇子殿下可就棘手了。感覺沒辦法遮掩過去……」

「遮掩？」

一問之下，才知道奧斯卡先生是在遮掩商會。

在摩根哈芬和青瀾先生等人交易時，奧斯卡先生是在中間隔著其他商會來進行交易。

由於是在把藥水送給青瀾先生之後才展開的交易，他隱隱覺得這麼做比較保險。
這個做法在後來奏效了。
青瀾先生似乎以為我和奧斯卡先生是中間商會的人員。
在詢問藥師的事情時，他也找上了那間商會。
不過，跟青瀾先生購買的貨物最終還是會送到「聖女」的商會。
如果他追查了貨物的去向，說不定早就發現商會之間的關聯。
而我要是滿不在乎地喬裝去商會，他會怎麼想呢……
「雖然不曉得他會不會把喬裝後的聖小姐和『聖女』大人連結在一起，但慎重點總是比較好。」
「也對……」
就算沒有連結在一起，只要被他看到我進出商會的模樣，藥水的來源就幾乎確定了。
儘管這可能是徒勞的掙扎，我還是想儘量避開，便決定暫時不去商會。
只不過啊……
仔細想想，我好像已經在天宥殿下面前暴露本性了。
到目前為止，他只有主動詢問藥草和藥水的事情而已。
縱使看起來無害，但這樣下去好嗎……

我在這天並沒有得出答案，就這樣揮別了弗朗茲先生等人。

◆

當我正在閱讀從王宮圖書室借來的書時，研究所入口傳來有點熱鬧的聲音。

和早上通知的一樣，天宥殿下來了。

聽著逐漸接近的嘈雜聲，我翻開下一頁。

「妳好。」

背後響起搭話聲，我裝出現在才注意到的模樣轉過頭。

視線前方是天宥殿下、隨從以及兩名護衛騎士。

然後還有陪他說話走到這裡的研究員。

我原以為他一定會在入口停下，未料他就這樣往我走了過來。

他看起來並不在意我還沒跟他打招呼。

出於禮貌，我正要起身打招呼時，他就揮揮手示意我坐著就好。

接著，他的視線落在我身後攤開放在桌上的書籍。

「妳今天在查資料嗎？」

「對，我在查上級的異常狀態解除藥水。」
「上級的？」
「是的。我平常做的都是中級的藥水，前幾天和殿下談過後有些在意，想說趁這個機會稍微學習一下……」
說出自己在查什麼東西後，似乎如同預期地引起天宥殿下的興趣了。
天宥殿下興味盎然地掃了眼書上的內容。
見狀，我在內心吐出一口氣。
前幾天跟弗朗茲先生他們談完後，我很煩惱今後該怎麼應對天宥殿下。
聽說他的留學期間大概是一年左右。
我沒把握能在這段期間內澈底藏住自己的身分。
那麼，該如何是好呢？
保持跟之前一樣的態度似乎是正解。
可是，我也不想就這樣坐等時間過去。
用不太靈光的腦袋思考到最後，我決定儘早著手解決問題。
首先是探聽天宥殿下的目的。
如果不知道他的目的，我就沒辦法行動，也有可能在不知情的情況下蒙受損失。

資訊很重要。

另外還有一個原因，那就是我厭倦了整天害怕身分暴露的日子。

雖然跟弗朗茲先生他們討論了很多，但到頭來全都只不過是假設。

為了種種假設而必須顧慮東顧慮西的生活讓我非常疲憊。

要這樣的話，不如弄清楚他的目的後採取相應行動還比較輕鬆。

不過，要是太積極探聽可能會踩到地雷。

所以我打算用消極一點的方式來探聽。

舉例來說，擺放可能與天宥殿下的目的有關的東西，藉此引導對話。

於是，我循著之前跟天宥殿下的對話找線索，從王宮的圖書室借了書回來。

那上面記載著上級異常狀態解除藥水的配方。

「上級異常狀態解除藥水大多都是用來治病的呢。」

「沒錯。我的國家是如此，看來這裡也一樣。」

「對呀，種類太多了，實在沒辦法全都記起來。」

我苦笑著抱怨藥水的種類太多，而天宥殿下也露出相同的表情。

涉及範圍果然太大了吧。

坦白說，我對上級異常狀態解除藥水幾乎一無所知。

只是裝作略懂的模樣，以便從天宥殿下口中套出資訊。

我之所以對異常狀態解除藥水不熟，是因為沒有非得記住的必要。

之前要提高製藥技能等級的時候，做上級ＨＰ藥水就夠了。

而且平時沒什麼製作機會也是原因之一。

從我還沒被召喚過來的時候一直到現在，王宮使用的上級異常狀態解除藥水都是從其他地方買進的。

如果所有藥水都換成研究所的產品，據說會引發很多問題。

畢竟王宮那邊有往來已久的商會，交情總是要顧嘛。

因此，研究所製作的上級異常狀態解除藥水只作為研究用途。

「就連使用的藥草都和我的國家一樣呢。」

「都一樣嗎？」

「對，但僅限這部分的內容就是了。」

「那麼，聽起來迦德拉那邊有更多種藥水呢。前幾天您也提過，有些藥水使用的藥草是我們這邊沒用到的。」

「是這樣嗎？這裡記載的配方就是貴國出產的所有上級異常狀態解除藥水了嗎？」

不知為何我覺得這是個好機會。

這不過是第六感，所以也有猜錯的可能。

即使如此，我還是有些忐忑地回答了。

「這本書是我在圖書室偶然發現的，如果再仔細找找的話，或許會有記載著其他配方的書籍。請問您想找什麼呢？」

我稍微深入詢問後，天宥殿下的視線隱約飄移了一下。

他是在猶豫要不要說出口嗎？

儘管很想趕快聽到他的回答，但我不動聲色地忍住了。

我怕催促之下，到頭來他就不說了。

「沒什麼特別想找的，只是覺得有罕見配方的話想見識看看而已。」

「這樣啊。」

天宥殿下抿嘴頓了頓後，微笑著這麼答道。

單就語氣來說，他說話的樣子很正常。

但一瞬間浮現的表情透露出其實並非如此。

有注意到這一點的人，恐怕只有一直看著天宥殿下的我而已。

「話說回來，異常狀態解除藥水的種類真的很多呢。要是有一種藥水是不分症狀都能治好就方便多了。」

「不分症狀……」

「對呀，像是萬能藥之類的，這樣就不用記住這麼多配方了。」

雖然他沒有說出來很令人遺憾，不過我還是重振心情開起玩笑來。

我隨口提了個無關緊要的東西。

萬能藥。

如同字面意思，對任何疾病都有效。

我在日本玩過的遊戲就存在著這種名稱的物品。

即使製作上很有難度，但只要有這種藥水就不必去記其他配方了，所以很輕鬆。

天宥殿下輕聲低喃「萬能藥……」後，又彎眼笑著說：「要是真有那種藥水就好了。」

「有萬能藥的話，或許連目前沒得治的疾病都能治好。」

「就是說呀。那種乍看之下不知道病因的疾病可能也都治得好呢。」

「的確。妳對疾病也很了解嗎？」

「沒有，應該不算了解吧？」

聽到他問我是否對疾病很了解，我實在答不上來。

雖然我不是醫生，但在原本的世界很容易就能查到各種資訊。

也因為這樣，我可能懂一些這邊的醫生不懂的知識。

但就算有這樣的前提，我也不好意思斷定自己對疾病很了解。

結果回應的時候就變成疑問句了。

看到天宥殿下臉上泛起疑惑的神色，我便補充是對症狀還算了解。

至於治療方法就不知道了。

「症狀啊？比如什麼症狀？」

「說到不像生病的症狀……不管睡多久都還是很睏就是其中之一吧。」

「會睏不是很正常嗎？這也是疾病？」

「是的。跟睡眠不足無關，是不分早晚都會很睏的疾病。」

「原來有疾病會引起這種症狀啊。其他還有嗎？」

「這麼嘛……還有身體漸漸消瘦且無法動彈之類的。」

「……漸漸消瘦且無法動彈嗎？」

「對。說是無法動彈，其實要看是肌肉急劇萎縮還是變僵硬等，細部症狀有時候不太一樣就是了……」

我記得不是很清楚。

不過，看起來相同的症狀實際上不一樣的情況應該很常見。

我憑依稀的印象將以前的見聞說出來後，天宥殿下就帶著極其認真的表情陷入沉思。

「殿下，時間差不多了。」

「已經這個時間了啊……謝謝妳今天也讓我獲益良多，有機會請務必再講給我聽。」

「好的。」

彷彿看準對話告一段落，隨從向天宥殿下這麼提醒道。

他今天接下來還有行程的樣子。

目送他離去的身影，我默默呼出一口氣。

今天沒有探聽出天宥殿下的目的。

然而，他對上級異常狀態解除藥水確實有興趣。

從那一瞬間浮現的表情來看，我認為那就是他的目的。

話雖如此，現在還不能確定。

看來還要再觀察一陣子了。

煩躁地想著令人疲憊的日子暫時還會持續下去，我舉起雙手伸了個懶腰，試圖擺脫這種心情。

總之，先把借來的書讀完吧。

不管怎麼說，看藥水的配方本來就是一種樂趣。

於是，我將視線移回桌上的書本。

第四幕　異常狀態解除藥水

雖然還沒弄清楚天宥殿下的目的，但我倒是學到了不少上級異常狀態解除藥水的知識。

因為我從那之後就一直在查資料。

除了一開始借的書之外也借了其他書，一本接一本地讀下去。

我本來就對藥水很感興趣。

會這麼起勁也是沒辦法的事。

我在查資料的時候發現藥物和藥水果然是似是而非的兩樣東西。

相較於藥物，藥水更具即效性。

喝下去立即就能見效。

不只是ＨＰ與ＭＰ藥水，異常狀態解除藥水也一樣。

此外，藥水也不像藥物會產生強烈的副作用。

我是讀完書才發覺這一點的，藥水書籍都沒有提到副作用相關警語。

藥草書籍就有提到。

所以我才會推測藥水沒有副作用。

跟其他研究員確認後，他們也是這麼理解的，我想應該不會有錯。

副作用被抑制住的原因不明。

詢問之下，我才知道研究員們都沒有研究過這一點。

比起出現不良作用的原因，大家可能有其他更想做的研究，於是就擱置下來了。

畢竟能夠用於研究的資源有限，或許暫時擱置也是無可奈何的事。

再來就是異常狀態解除藥水的定則了，配方的種類真的很多。

和日本的藥物一樣，即使是治療相同的症狀，使用材料並不一樣，附帶的作用也有微妙的差異。

這導致各種藥水的說明文都寫得非常長又艱深難懂。

讀著讀著就開始頭痛了。

「聖——」

「什麼事？」

我將藥草放入小鍋子攪拌，這時有人從背後叫了我一聲。

那語氣夾雜傻眼的意味，我不禁猶豫要不要轉頭。

我抱著這樣的心情頭也不回地應聲，接著就聽到了嘆氣聲。

感覺到身旁有人，我戰戰兢兢地抬頭一看，不出所料，裘德滿臉傻眼地站在那裡。

唉，果然……

「這是什麼？」

「治頭痛的藥水。」

「前陣子在書上看到的那個？」

「對呀，查了之後覺得很有趣。」

就算再怎麼有趣，一直閱讀難懂的句子也會感到厭倦。

所以我決定嘗試做做看，順便轉換一下心情。

我在五花八門的藥水中，選擇了治療常見症狀的種類。

「我可以理解啦，但有必要做出來嗎？實驗用不到吧？」

「實驗用不到，實踐用得到不是嗎？更何況俗話說得好，有備無患嘛。」

「咦？有那種俗話嗎？哪裡的俗話？」

「會是哪裡的呢？」

「竟然不記得了啊……那就算了，不過妳不需要準備這種藥水吧？反正妳會魔法啊。」

「我是不需要，但其他人需要吧？」

「是沒錯啦。只是上級藥水太貴了，平常沒有人會使用哦？」

裘德說得沒錯，一般不會用藥水治療疾病。
通常是把藥草磨成粉或煎煮後服用。
畢竟能夠治病的多半是上級藥水，比藥草貴太多了。
即使是貴族也不會輕易使用。
上級藥水之所以定價高，藥師的技術費占了一部分。
由於懂得製作的藥師很少，自然就昂貴起來了。
此外，必須用到的材料常常要價不菲。
「這個藥草就……不怎麼貴呢。」
「嗯，這個藥水的材料都很好取得。」
不過，有些藥水可以用便宜的材料來製作。
其中一個就是我正在製作的頭痛專用藥水。
治頭痛的藥水所使用的藥草栽培容易，所以很便宜。
「而且材料是委託人提供的，我只要付出勞力和時間就好了。」
「委託人？」
看到裘德露出疑惑的表情，我便告訴他委託人是研究員們。
研究員們提供我藥草材料，我則將完成的藥水送給他們。

這樣就不用花材料費了。
還能拿到一部分藥水作為勞動報酬。
而研究員們只要提供自己培育的藥草就可以換到市價昂貴的藥水，我想這個交易對雙方來說都很划算。
順道補充，是某位研究員主動說要交易的。
對方發現我打算做上級異常狀態解除藥水，便建議我做頭痛專用藥水。
至於為什麼會想跟我做交易，是因為那個人有偏頭痛。
而其他有頭痛症狀的研究員們聽說這件事後，也紛紛表示要加入。
很多研究員都有偏頭痛。
算是某種意義上的職業病吧？
過著規律的生活應該就能改善，要說沒有改善，其實是有一定數量的人做不到這一點。
就是那些埋首研究導致廢寢忘食的人。
參與交易的研究員們都是這類人。
「雖說只要提供材料，但還是太奢侈了吧，明明煎煮後喝下去就好了。」
「對啊，不過大家好像更屬意一喝見效的藥水。好啦，完成了。」
我跟裘德聊到一半就做好藥水了。

準備從小鍋子裝入瓶中時，因為有裘德幫忙，比想像中還要快就裝瓶完畢了。
我馬上要把藥水發給提供材料的研究員們，裘德也說要幫忙。
為了表示謝意，我決定分一些自己的藥水給他。
而裘德說來說去還是很高興能收到藥水，向我揚起燦爛的笑容收下了。
將完成的藥水交給研究員們後，大家都很開心。
當我轉身之際，似乎聽到有人說「這樣就能連熬〇天了」，是我的錯覺嗎？
都給我好好睡覺啦。
每個人只能拿到一兩瓶左右的藥水，我希望他們可以留著以備不時之需。
不久後，收到頭痛專用藥水的人們都來向我回報狀況。
那是我一時興起做的東西，沒預期能聽到他們回報使用結果。
然而，這就是研究員。
大家規規矩矩地跟我回報。
結果大致和我猜測的一樣，有些人喝了沒效果。
雖然統稱為頭痛專用藥水，不過有分好幾種。
我從中挑了可能對偏頭痛有效的藥水來做，但看來不適用於一部分的人。
這是基於外行人的判斷所做的藥水，因此我原本有點擔心，幸好沒有人身體不舒服。

如同書上沒有提到隻字片語，藥水確實不會產生副作用。
研究所的人本來就是精通藥草的專家。
而且還是一群會拿自己的身體做實驗的研究員。
他們早就料到作為材料的藥草不會對身體產生負面影響，就算沒效果也不會抱怨。
不過，我還是告訴那些喝了藥水也沒見效的人最好去給醫生檢查一下。
其實我想用魔法幫忙治療，但他們鄭重拒絕我，說這樣正適合做實驗。
不知道該說敬業還是……
「好難哦。」
「怎麼了？」
當我將手舉在頭痛專用藥水上方自言自語時，裘德就這麼問道。
我轉頭回以苦笑。
「我覺得很難挑選適合的異常狀態解除藥水。」
「哦，之前那個啊？是很難沒錯。」
大概是從收到頭痛專用藥水的研究員們那兒得知了狀況，裘德也苦笑著點點頭。
「果然只能看完醫生後再來挑選了嗎？」
「這是最妥當的方法了。不過，醫生診斷後也不會建議用藥水治療吧。」

「也對……」

我一邊回應裘德，一邊思考著天宥殿下的事。

天宥殿下的目的依然不明。

就暫且假設他的目的是取得上級異常狀態解除藥水好了。

這種情況下，他真的只要拿到藥水就滿意了嗎？

依照這次的結果來看，我覺得不會只有這樣而已。

而且天宥殿下那麼精通藥水，不可能沒有察覺到這一點。

既然如此，他的目的就不是取得藥水……

我甩了甩頭，試圖甩掉愈想愈沉重的心情。

而後，我將手上的頭痛專用藥水收進保管箱中。

◆

日子在研究上級異常狀態解除藥水中流逝，某天接到了天宥殿下要來研究所的通知。

可能因為他有一陣子是天天來，我總覺得好像很久沒見面了。

上次為了探聽目的，我特地拿他會感興趣的書來翻閱，這次該怎麼辦才好？

我接到通知的時候就在思考這種事情，卻隨著時間經過而忘得一乾二淨。
直到天宥殿下本人在藥草田出聲叫我後，我才想起他今天來訪的事。
「妳好。」
「噫！」
由於我邊澆水邊想事情，便被突如其來的搭話聲嚇到了。
轉頭看到天宥殿下，我連忙回以問候。
竟、竟然忘記了……
他是現在才來嗎？
還是剛從研究所離開？
正當我思考是哪一邊時，就看到天宥殿下在藥草田邊蹲下，開始仔細端詳藥草。
「這邊的藥草是妳種的嗎？」
「沒、沒錯，是我種的。研究所有提供田地讓研究員進行實驗，這一角是我的田地。」
「這麼說來，那邊是其他人的田地吧？」
「是的。」
天宥殿下保持蹲姿環顧四周。
接著談論起我種植的藥草。

我正在澆水的藥草似乎是迦德拉那邊沒有的品種，他提出很多問題。

後來談到更細微的部分，他要我靠近藥草一點，於是我也在他旁邊蹲了下來。

「對了，妳知道有一種病會讓體力逐漸衰退，手腳等身體部位都會失去行動能力嗎？」

「咦？」

就這樣蹲著談了一會兒後，他忽然跳到另一個話題。

聽到那略為壓低的嗓音，我不由得反問回去，但天宥殿下沒有回應。

即使我轉過去看他，他也只是捏起眼前的藥草葉子觀察著。

這是不想被別人聽到的話題吧？

站在後方的護衛騎士們應該沒有聽到，而天宥殿下的模樣看起來也只像是在請教藥草的問題。

如果我沒聽錯的話，他問的似乎是疾病的事情。

所謂的身體失去行動能力，是指肌肉萎縮嗎？

儘管我不是很了解，但這個症狀我有印象。

話雖如此，症狀相同並不代表是同種一疾病，我不能肯定就是那種病。

再說，這是另一個世界。

或許是這個世界特有的疾病。

因此，我用跟天宥殿下差不多的音量簡短回答有聽過那種症狀。

「有治療方法嗎？」

「……這就必須查過才知道了。」

「這樣啊……」

「迦德拉沒有嗎？」

「對，只能服用據說可以滋養強身的藥，藉此延緩症狀惡化……」

天宥殿下問起治療方法，但不是專家的我也毫無頭緒。

原本世界的類似病症好像也沒有治療藥，不過可能只是我不知道而已。

然而，這個世界有原本世界沒有的事物。

比如魔法和藥水。

所以說，這個世界可能有治療方法。

於是我便回答必須查過才知道。

天宥殿下臉上微微泛起憂愁，而我接著跟他確認迦德拉的情況。

慎重起見也問了治療方法，得到的卻是令人遺憾的回答。

我看著持續摸著葉片且將視線落在藥草上的天宥殿下，思考著該怎麼辦。

天宥殿下裝作談論藥草的模樣提出的這個問題，應該跟他的目的有關。

為了不暴露身分，我這時候最好不予以理會。
但是，我有點猶豫。
畢竟跟天宥殿下談話很有意思。
除了迦德拉的未知藥草和藥水之外，還有類似藥膳的料理以及相關食材。
天宥殿下所說的每一件事都讓我非常感興趣。
當然不只如此。
談到我這邊做的研究時，他提供的意見也能幫助我想到好點子。
到目前為止的交流都很開心，也充滿了驚喜。
如果我現在選擇不予理會，事情會怎麼發展？
還能像以往一樣和天宥殿下交換意見嗎？
搞不好再也不會有這麼開心的時光了。
一想到這裡，我不禁遲疑起來。
這種傾向很不妙。
明明一開始是抱著戒備的態度，卻在不知不覺間和其他研究員一樣，彷彿我也徹底陷入了天宥殿下的陷阱。
但是，再一下子就好。

幫忙尋找治療方法應該不至於無法饒恕吧？

我腦中竟然冒出這樣的念頭，由此可見我也是個不折不扣（沒救）的研究員。

之後可能會捱罵也說不定。

儘管如此，我還是打定主意開口說：

「要不要找找看？」

「咦？」

也許是沒料到我會這麼提議，天宥殿下驚訝地看向我。

我笑著迎上他專注的視線繼續說：

「我聽過那種症狀，但沒查過相關治療方法。這是個好機會，不如一起研究看看吧？」

「……真的可以嗎？」

「可以呀。啊！如果您手上有迦德拉的專業書籍，能不能借我呢？迦德拉的藥草或許派得上用場。」

「好的，我有帶幾本過來，晚點就拿給妳。」

「非常謝謝您！」

天宥殿下在發怔的同時也努力組織著語言。

而我緊接著詢問他能否借我專業書籍，他便揚起嘴角答應了。

我笑著道謝，而他雖然臉上滿是笑意，卻垂下眉梢微不可察地搖了搖頭。

「研發新藥水嗎……」

「是的。」

揮別天宥殿下後，我立刻前往所長室。

我向所長說明從天宥殿下口中得知的症狀，表示自己想研發治療那種症狀的異常狀態解除藥水。

所長垂下視線思索了一會兒，接著定定地注視著我。

「我知道妳不久前開始熱衷於查異常狀態解除藥水的資料，不過妳這次為什麼想研發藥水呢？」

「呃，這是因為……」

由於天宥殿下似乎不想讓其他人知道這件事，我也不好說出詳情。

但既然要在研究所製作藥水，那就必須和所長報備才行。

我感到左右為難，視線游移不定。

結果在我支吾其詞之際，就聽到所長大嘆了一口氣。

「是因為天宥殿下嗎？」

「……是的。」

所長看出我內心的掙扎，直接點破原因所在。

我在煩惱什麼完全瞞不過他。

見我認命地點點頭，他便回以苦笑。

「妳為什麼要煩惱？難道殿下要求妳保密嗎？」

「不是，他沒有要求我保密，但我感覺他不太想讓別人知道……」

「是嗎？就算如此，妳還是必須交代清楚吧？這可關係到妳的人身安全。」

「是……非常抱歉……」

所長說得沒錯。

我隸屬於斯蘭塔尼亞王國的研究所，縱使心中感到愧疚也有義務向所長報告事情的來龍去脈。

而且，王宮的高層也很在意天宥殿下的真正目的。

原因當然是為了保護「聖女」，也就是我的人身安全。

而我卻顧慮著天宥殿下的心情，對坦白一切感到猶豫。

我也有幾分心虛，因為我想再和天宥殿下多聊些研究話題，將自己的慾望擺在了前頭。

經所長實際指出這一點，我反思檢討後，對沒出息的自己感到很沮喪。

「然後呢？是身體逐漸無法動彈嗎？我倒沒聽過這種症狀啊……」
「在我故鄉有幾種疾病會引起這類症狀。」
當我在內心反省時，所長大概是想改變氣氛而換了個話題。
儘管還有一點點沮喪，我仍舊回答了所長的問題。
「哦？那有治療藥嗎？」
「沒有，如果沒記錯的話。」
「所以妳要做的是故鄉也沒有的東西？」
「是的。因為這裡有我故鄉沒有的東西，或許反而找得到治療方法……」
「可能性並不是零，只是要找到應該很困難哪。」
「所長也這麼認為嗎？」
「是啊，不過這又何妨呢？」
聽到所長說應該很困難，我反問回去後，他便點頭微微一笑。
沒料到他會有這樣的反應，我不禁怔怔地看著他。
從剛才的對話來看，我還以為他鐵定會反對。
「咦？可以嗎？」
「沒關係吧？研究所常常如此，有些人還覺得愈難愈有挑戰價值呢。」

「但是……」

「我也很欣賞天宥殿下給研究員們帶來的激勵，為了感謝這一點而略盡綿薄之力幫忙也沒什麼不好吧？」

「……謝謝您。」

彷彿是要減輕我的罪惡感，所長用輕快的語調答應了。

這讓我非常感激，雖然形狀近似苦笑，但嘴角自然而然地彎起了一抹弧度。

「啊，對了。就算找到治療方法，妳也要慎選製作時間和地點哦。總不能連妳的實力都攤開給人看。」

「我明白了。」

所長暗示我試做藥水要挑天宥殿下不在的時候。

能得到研究的許可已經讓我感激萬分了，對這句話並沒有異議。

我順從地點點頭後，所長也看似鬆口氣地放柔了神情。

◆

與天宥殿下在藥草田談完後過了兩星期。

我首先調查的是天宥殿下口中讓身體逐漸無法動彈的疾病。
之所以不是從藥水而是從疾病展開調查，是因為異常狀態解除藥水的特色。
必須對症下藥才會有效果。
向天宥殿下打聽更多細節後，我按部就班地完成調查過程中伴隨而來的事務。
像是讀完每一本王宮圖書室裡的相關書籍，還有向研究員們請教問題。
如果有電腦和搜尋引擎的話，調查起來應該就簡單多了，但沒有也沒辦法。
可惜的是，成果不太理想。
沒有一本書有相關記載，也沒人聽說有誰得過類似的症狀。
該不會類似症狀的患者都被認為是體質虛弱或老化，才因此遺漏掉了吧？
由於資訊太少了，我忍不住考慮起這個可能性。
「唔～沒有呢……」
「看來很難找啊。」
我闔上手中這本大致讀完一遍還是沒找到所需資訊的書。
正當我遺憾地喃喃自語時，旁邊就傳來了搭話聲。
抬頭一看，便發現裘德一手拿著馬克杯站在那裡。
他好像正在休息，就這樣站在旁邊看我剛才在閱讀的書。

「這麼難找，我都要懷疑這種病到底存不存在了。」
「妳在找的是身體逐漸無法動彈的症狀吧？」
「沒錯。」
「這樣的話，會不會是寫法不同呢？」
「寫法不同？」
「比如說，身體倦怠使不上力之類的。」
「哦～是有這個可能耶。」
「妳想到的是其他事嗎？」
「對。我覺得是真的有這種病，只是周遭的人不認為是疾病才沒記錄下來。」
「這樣啊，好像也滿有道理的。」
裘德也知道我最近在查疾病的事。
可能是因為這樣，當我調查不順而發牢騷時，他都會給予建議。
有交換意見的對象果然很有幫助，可以注意到不同的觀點。
如同裘德所說，症狀的寫法搞不好不一樣。
若是這樣就得重找一次了吧？
「既然可能是寫法不同，那我再重找一次好了。」

「妳沒打算放棄啊？」

「還早呢，畢竟才剛起步而已，而且找不到我也會很傷腦筋啊。」

「是嗎？」

裘德歪頭不解，我便將找不到會傷腦筋的原因告訴他。

為什麼會傷腦筋？因為我對天宥殿下說過「我聽過這種症狀」。

話都說出口了，之後再說找不到的話，感覺就像是我撒了謊。

如果他問我是在哪裡聽說的也很難回答。

其實可以聲稱自己已經忘記就是了。

但我之所以考慮到這一步還是對說謊感到猶豫，可能是因為我說自己聽過時，天宥殿下露出的表情讓我印象很深刻。

那是彷彿看見蜘蛛絲從天而降（註：出自日本作家芥川龍之介的作品《蜘蛛之絲》，以蜘蛛絲象徵脫離苦海的希望）的神情。

對，就像是萬念俱灰之際看到了希望。

先是給人希望，然後又必須說出那種把人打落深淵的話，這讓我心情無比沉重。

「不過，要是真的找不到也沒辦法吧。」

「對啊，也不能騙人說找到了。」

到頭來，跟裘德討論過後還是相同的結論。
總之，我一邊祈禱能有新發現，一邊拿起下一本書。
而後幾天過去。
還是老樣子沒有找到符合的記述。
儘管我這次查資料時有特別留意裘德所說的不同寫法。
就在這時候，我接到了天宥殿下即將來訪研究所的聯絡。
這一刻終究還是來了。
即使心情沉重到不行，還是老實告訴天宥殿下比較好吧。
於是，我感覺自己像是一個即將接受判決的罪人，靜待天宥殿下的來臨。
在天宥殿下抵達的上一刻我都還在看書。
「恕我冒昧，請問有找到任何資訊嗎？」
「沒有，我很遺憾……」
「這樣啊。我這邊也查過了，但沒有發現新資訊。」
打完招呼後，天宥殿下省略中間的鋪陳直接詢問結果。
這件事對他而言真的極為重要吧。
見到他的模樣，必須說出壞消息的我實在滿心歉意。

不出所料，我說自己沒有收穫之後，天宥殿下就垂下了眉梢。

「對不起，那個……我想不起來是在哪裡聽過這種症狀的……」

「這是常有的事，請妳別往心裡去。」

我抱著歉疚的心情道歉後，天宥殿下隱約揚起嘴角。

然而，那抹笑意很快就消失了，他表情沉痛地垂眸看著腳邊。

「那個……」

「啊，抱歉。」

我擔心地出聲後，他就露出了跟剛才一樣的笑容。

做研究就是免不了這種情況，經常要花上大量的時間才有辦法交出一個成果。

從決定展開調查到現在這段期間，任何成果都拿不出來也是常見的事情。

儘管如此，可能是一度心存希望，天宥殿下看起來格外失落。

不過，他剛才說這是常有的事。

若他已經猜到這個結果，那是有其他在意的事情才會一臉悶悶不樂嗎？

我有點好奇他為什麼會露出那樣的表情。

究竟能不能問呢？

我有點遲疑，但什麼都不做也有一種困窘的感覺，於是我戰戰兢兢地發問：

「請問您有什麼在意的事嗎？」
「沒有……」
「那個，如果您不想說也沒關係，但說出來或許有助於今後的調查進展……」
看到天宥殿下欲言又止，我便以消極的口吻請求他為了今後的調查說出來。
結果他在一陣躊躇後，低聲吐露道：
「時間可能不夠了……」
「時間嗎？」
「對，我想已經剩沒多少時間了。」
所謂的時間問題，究竟是指哪件事？
他接下來的一席話解決了這個疑問。
而我愈聽愈是緊皺眉頭。
天宥殿下提到的症狀是他的母妃罹病後的狀態。
他的母妃原本能正常走路，卻不知何時開始經常絆倒，後來連筆也拿不起來了。
雖然有請醫師來診斷是哪邊出問題，但醫師面對未曾聽聞的症狀也難以判斷病因。
在各種折騰之間，他的母妃再也無法從臥榻起身了。
剛開始出現症狀是什麼時候並不清楚。

然而距離第一次給醫師看診之後，早已過去幾年。

縱使不是迅速惡化的疾病，但從已經臥床不起這一點來看，我可以理解天宥殿下擔憂所剩時日不多的心情。

「原來是這樣啊，您的母妃……」

「是的……」

母親嗎……

我想起自己的母親，如今我來到太過遙遠的地方，恐怕再也沒有見面的機會了。

我之前上班的公司無法從家鄉通勤，每年只回鄉一次左右。

也許是習慣分隔兩地了，被召喚到這個世界後，我也不太會因為想念母親而感到寂寞。

不過，這大概是因為我的母親還健在。

如果我的母親和那位妃子一樣罹病且命在旦夕，光是想像就有股揪心的刺痛。

這下傷腦筋了。

當初的計畫是製作異常狀態解除藥水。

因為藥水能夠立即見效，不必考慮治療所需時間是一大優點。

然而，即使如此可能還是來不及。

畢竟只要症狀稍有差異，異常狀態解除藥水就無法生效。

萬一不適用的話，還得尋找其他藥水才行。
要說到症狀有所差異也能見效的藥水……
我靜靜下定了決心。

第五幕　萬能藥

我決心研發某樣產品。

告訴所長的時候，他的表情簡直一言難盡。

因為我前陣子才去找所長取得研發異常狀態解除藥水的許可，現在又來請求他同意讓我研發其他產品。

他會露出微妙的表情也很理所當然。

前後相隔的時間並不長，我也確實有點罪惡感。

但反正都要挑戰了，不如把目標訂得更高一點，這就是研究員的天性。

不過，我想所長露出那種表情的原因不是只有這個而已。

我打算研發的那個產品本身才是最大的原因吧。

「假設妳真的做出來了，那個配方是否可以提供給天宥殿下，不是我一人能決定的。」

「這樣啊……」

「最起碼要取得宰相的許可。」

「還要勞煩到宰相啊？」

「那是當然的吧！」

我回想當時和所長的對話。

即使做出了那個有爭議的產品，還必須取得宰相的許可才能把配方提供給天宥殿下。

所長是說「最起碼」，所以實際上可能還要國王陛下的許可。

這樣一來，天宥殿下想要那種產品的原因也要呈報給國王陛下和宰相。

想起天宥殿下不太想讓其他人知道這件事的模樣，我便有點於心不安；但還是放棄掙扎了，實在沒辦法。

嗯，真的沒辦法。

畢竟接下來要製作的物品可是前所未聞的藥水——萬能藥啊。

之所以會是萬能藥，是我在聽天宥殿下說話時，忽然想起了更早之前的對話。

說起來，我有一次跟天宥殿下交談時，曾經說過「要是有一種藥水是不分症狀都能治好可就方便多了」這句話。

異常狀態解除藥水與萬能藥兩者相比，理應是後者比較難製作。

然而，考慮到兩種藥水同樣是毫無頭緒的狀態，難度好像差不了多少。

既然難度一樣，當然是不用擔心適用症狀的萬能藥比較好。

這是相當荒唐的謬論。

幾乎是賭一把了。

不過，製作異常狀態解除藥水也是一種賭局。

因為成品要實際使用過才知道是否適合用來治療妃子的病。

和所長討論完之後，我便連同異常狀態解除藥水一起搜集萬能藥的資訊。

異常狀態解除藥水的調查會持續下去，畢竟還要和天宥殿下交換消息。

在兩種藥水都毫無所獲的情況下，突然說要轉去研究萬能藥會讓我感到內疚。

至少等找到萬能藥的線索再提出來比較妥當。

「聖～有妳的信。」

「謝謝。」

於是，開始調查萬能藥之後也過了一個月。

天宥殿下說的病症也好，萬能藥也好，始終沒有找到值得注目的資訊。

儘管如此我還是沒放棄，當我在研究室盯著藥草辭典時，裘德幫忙拿了信過來。

我接過信封翻到背面一看，發現寄件人是柯琳娜女士。

我按捺住急切的心情打開封口，拿出信紙瀏覽一遍。

信上的內容從季節性問候開始，然後是近況報告，再來是回覆上次的問題。

「誰寄來的？」
「之前在克勞斯納領很照顧我的藥師寄來的。」
「這樣啊。難道寫了什麼壞消息嗎？」
「不是那樣啦……」
盼望已久的期待落空，我似乎在不知不覺間露出了消沉的表情。
結果讓裘德擔心了。
我在上一封信中向柯琳娜女士打聽妃子的症狀能用什麼藥草治療及萬能藥的事。
開始調查萬能藥之後，我立刻就寫信請教柯琳娜女士了。
因為之前調查異常狀態解除藥水時遲遲難有進展，我當即決定這次要尋求柯琳娜女士的幫忙。
結果失敗了。
不過，還沒有到慘敗的程度。
關於藥草和萬能藥，柯琳娜女士雖然沒有明確的眉目，但提供了可能有效的藥草讓我當作參考。
「哦？不愧是聖地的藥師呢。」
「對啊，她真的懂很多，是很厲害的專家。」

說明原委後，裘德感佩地點點頭。
接著，我拿起放在旁邊的藥草辭典翻頁。
但沒有找到信上提到的藥草。
我疑惑地重新查了一次，但還是沒找到。
「上面沒有耶。」
「咦？不是藥草嗎？」
我跟裘德說藥草辭典沒有記載，他便拿了其他書過來。
他手中的辭典記載著藥草以外的花草。
那本辭典似乎有解答，他翻到那一頁後遞給了我。
「是這個吧。」
「看起來不像藥草就是了……」
「會不會是克勞斯納領的藥師才曉得的藥草？」
「有可能哦。」
我們兩個探頭看著同一本辭典交換各種意見。
柯琳娜女士告訴我的藥草或許對妃子的症狀有效。
只不過藥草辭典上沒有記載那種植物，表示一般不會將之視為藥草來看。

但是，如同裘德剛才說的，那可能是藥師聖地的祕方。
「要是能用鑑定魔法來檢查藥草的功效就好了。」
「鑑定魔法的顯示資訊好像會因為施術者等級而不同的樣子。」
「德勒韋思大人鑑定得出來吧？」
「那位大人應該沒問題，但他不是那種會到處鑑定藥草的人吧？」
「的確。」
在調查方面看似萬能的鑑定魔法，其實也有缺點。
那就是鑑定範圍會依施術者的鑑定魔法技能等級而不一樣。
等級不夠的話，即使能鑑定物品也無法鑑定人。
另外，顯示的內容精準度同樣也會有所差異。
而且能使用的人很少。
如果有沉迷於藥草研究又會使用鑑定魔法的人才就好了。
這幾十年來似乎都沒有這樣的人才，藥草辭典上記載的功效全都是腳踏實地慢慢研究出來的。
這世上絕對還有很多未知的藥草。
「實際做出藥水後再確認看看吧？」

「寫信的人沒試做過嗎？」

「我也不確定，沒有特別提到。」

「唔～要做是可以，但這一帶沒有生長這種藥草哦。而且被視為普通的草，研究所大概也沒人在種吧。」

「真的耶，這是熱帶地區的植物。」

我不曉得柯琳娜女士有沒有用信上提到的藥草做過藥水。

她的說法是「或許有效」，我想應該是沒做過吧。

不知道效果的話，做做看就好了。

成品可以請宮廷魔導師團用魔法進行鑑定，這樣就能知道詳細的功效了。

我平時都是委託一般的宮廷魔導師，但這次就去拜託師團長吧。

畢竟沒有人的鑑定魔法比師團長還要厲害。

想到這裡，我向裘德提議後，可惜遭到駁回了。

沒有材料也無從做起。

柯琳娜女士之所以沒有試做過，也是因為需要的藥草在王都周邊和克勞斯納領都無法取得吧。

「要訂購看看嗎？」

「也對，如果訂得到就這麼做吧。還有其他要訂的東西嗎？」
試做的事情暫且擱置一邊，先查查看信上提到的其他藥草。
既然要訂的話，一次訂完比較好。
我和裘德分工查資料，果然發現還有其他必須訂購的藥草。
裘德說要幫我訂，我便把這些藥草寫在紙條上遞給他。
跟一開始查的那種藥草一樣，信上提到的植物全都沒有記載在藥草辭典上。
這算是一種新發現嗎？
如果不是祕方，我還滿想把柯琳娜女士提供的資訊統整起來寫進藥草辭典裡。
這樣的話，以後重讀起來就方便多了。
畢竟寫在其他紙上很容易就會忘記。
不過，我不會這麼快就著手做這件事。
現在最要緊的，還是異常狀態解除藥水和萬能藥。
再說，這並不是我發現的功效，寫進辭典前必須先徵得柯琳娜女士的同意。
總不能搶走別人的研究成果。
總之，在材料送達前就繼續進行調查吧。
想到這裡，我目送裘德的背影離開後，再次開始查資料。

「殿下，時間差不多了。」

「好的，那麼今天就談到這裡。聖，謝謝妳。」

「不會，我才要感謝您。」

和天宥殿下面對面談話時，隨從便這麼出聲提醒。

他今天接下來好像還有行程，不能再聊下去了。

互相致意後，今天的討論就此結束。

天宥殿下說不需要送別，我便依他的意思目送他們離開，而團長走進來時則與他們擦肩而過。

◆

總覺得很久沒見到團長了。

他平時都是這副表情嗎？

好像比平時還要嚴肅。

「嗨，聖。」

「您好，霍克大人。」

「我看天宥殿下來過的樣子，他常常來嗎？」
「是的，他對藥草很感興趣，經常過來聊天。」
「這樣啊。」
「啊，如果您有空的話，要不要喝杯茶呢？」
「我是有空……不過會不會耽誤妳工作？」
「不要緊的！我的工作剛好告一段落，正打算休息一下。」
「那就承蒙妳的好意了。」
我詢問團長要不要喝茶後，他便放柔了臉色。
見狀，我撫胸鬆口氣，走了趟廚房準備泡茶。
「好久沒像這樣一起喝茶了呢。」
「就是說呀，很久沒見到您了。」
「是啊，我有一段時間不在王都。」
「您去哪裡了呢？」
「喔，我去領地見父親了。」
將茶擺在團長面前，我在旁邊的椅子上坐下。
彼此喝一口茶、把茶杯放回茶托上後，團長開口回答我的問題。

剛才看到團長時的久違感似乎是正確的。

我最近忙著調查異常狀態解除藥水和萬能藥，去第三騎士團送藥水的工作大多是由其他人來做。

偶爾去的時候他也不在，始終沒見到面。

原來如此，是去了領地啊。

團長家族的領地離王都相當遠，所以才會滿長一段時間都不在。

「對了，這個給妳。」

團長將放在旁邊的陶瓶拿到我面前。

我好奇地打開蓋子一看，發現裡面裝滿了金黃色的蜂蜜。

「這是蜂蜜嗎？」

「對，我們領地的特產。」

「我真的可以收下嗎？」

「當然了，我帶這個回來就是要送妳。」

「謝謝！」

在這個世界，砂糖和蜂蜜等甜味物質很珍貴。

由於我會在研究所做糕點，所以砂糖算是比較常看到。

但蜂蜜就幾乎沒怎麼看到了。
先是見到了團長，又得到同樣久違的蜂蜜，我頓時整個人都雀躍了起來。
難得有這個機會，加進茶裡看看吧。
興起這個想法後，儘管有點失禮，我還是離開了座位，去廚房拿湯匙來挖蜂蜜。
當然沒忘記跟團長說一聲。
「咦？這個香味……是蘋果嗎？」
「妳聞出來了啊。」
在加進茶裡前試了下味道，除了嘗到蜂蜜的甘甜之外，還散發出一股似曾相識的香味。
一問之下，才知道這是從蘋果花採來的蜂蜜。
團長說這瓶是去年採收的蜂蜜，不過蘋果蜜在日本也很少見吧。
更不用說在這個國家了。
「這東西相當貴重吧？我收下真的不會有問題嗎？」
「放心吧，雖然採收量不算太多，但也不是那麼稀少。而且妳不是喜歡甜食嗎？」
「對，是很喜歡沒錯。」
「那就別客氣，儘管收下吧。看到妳開心的模樣，我也才會開心。」
「謝、謝謝。」

縱使是小小的一瓶，但我收下這麼貴重的東西真的好嗎？

抱著不安的心情詢問後，團長回答沒問題。

他都直說這樣他才會開心了，那我也只能收下了。

團長說得沒錯，我確實喜歡甜食，只不過這種甜蜜的氣氛令人心頭莫名悸動，難以保持冷靜。

我拚命繃住臉頰不要因為高興和羞怯而上揚，但這樣大概是無謂的努力。

悄悄移開視線，小聲地再次道謝後，就聽到團長失聲笑了出來。

「真好喝。」

「那真是太好了。」

將一匙蜂蜜加進茶裡之後，可以感受到淡淡甜味。

我剛才被蜂蜜散發的蘋果香氣迷住，所以現在才說出對味道的感想，而團長的笑意就更深了。

「抱歉，蘋果的香味太讓我驚喜了，才會一時忘了說。」

「沒關係，能合妳的口味就好。」

「謝謝您這麼說。我很久沒喝到有加蜂蜜的茶了，真的很好喝呢。」

「是這樣啊？我沒加過所以不知道，下次試試看好了。」

「如果吃不慣甜食也不用硬加哦？想嘗試的話，在喉嚨不舒服的時候搭配飲品一起喝應該不錯。另外就是失眠的時候加進溫牛奶聽說也很有效。」

「喉嚨痛和失眠的時候嗎？具備的功效還真多啊。」

「是呀，據說蜂蜜能治百病呢。」

說到這裡，我忽然覺得哪裡不太對。

視線垂落至桌上的蜂蜜瓶。

我剛才說了什麼？

治百病？

「怎麼了？」

「啊，沒事……抱歉，我只是突然有個念頭。」

「什麼念頭？」

「我在想，蜂蜜能不能用來做藥水……」

說到藥水的材料，就是藥草、水和魔力。

使用不同的藥草，做出來的藥水功效也不同。

這是基礎。

也可以說藥草的效果與藥水的功效息息相關。

既然如此，用具備某些效果的材料來取代藥草的話，應該同樣能做出藥水吧？
而那個材料如果是相傳能治百病的東西……
「妳真的很喜歡研究呢。」
「啊，對不起……」
「不用道歉，能幫到妳是最好的。」
聽到憋笑聲，我這才猛然回神。
看來我被突然想到的點子占滿心思，不知不覺就盯著蜂蜜瓶思索起來了。
循著笑聲看過去，便發現團長側頭用拳頭遮住了嘴巴。
不小心把眼前的團長冷落在一邊，我連忙道歉後，他回了個燦笑。
嗚……好丟臉……
臉頰微微有些發熱。
「如果成功用蜂蜜做出藥水的話，不曉得會具有什麼功效呢？」
「在我故鄉那邊是說能治百病，應該全面有效吧？」
「全面啊……要是真的做出來了，那可是一大壯舉。」
「就是說呀，說不定也會隨著蜂蜜的種類而改變功效。」
「蜂蜜的種類？」

「您今天送我的蜂蜜是從蘋果花採來的吧？如果是從蓮花或其他花朵採來的蜂蜜可能又會帶來不同的功效，因為用藥草做藥水的時候就是這樣。」

「感覺是有這個可能。換作蘋果的話，妳覺得會有什麼功效？」

「蘋果嘛……」

蘋果會帶來什麼功效呢？

說起來，有句話說「一天一蘋果，醫生遠離我」，果然是對疾病有效吧？

「啊，又顧著聊研究的事情了。」

「不要緊，反正也聊得很開心，沒什麼問題吧？」

「很開心嗎？」

「是啊。」

就這樣，我在思考蘋果功效的途中再度回過神來。

不小心就顧著聊研究的事情了。

雖說是團長提起的，但一直談論人家沒興趣的話題應該也不太好。

儘管我這麼想，團長本人倒是完全不介意。

他還是跟平常一樣人很好呢。

明明都是跟研究有關的話題，團長聽我說話的時候卻從未顯露一絲厭煩，這讓我不禁這麼想道。

◆

讀著宮廷魔導師團送來的文件，我的眉頭緊緊皺了起來。

會露出這副表情也是無可奈何的事。

畢竟，全部都失敗了。

到完成藥水這一步都進行得很順利就是了……

跟好久不見的團長見面時談到的那個點子，我實際試做過了。

也就是用蜂蜜做藥水。

我和當時想的一樣用蜂蜜取代藥草，然後依循正常步驟製作藥水。

蜂蜜也不是只用了一種，我準備了從各種花卉採來的蜂蜜。

結果是成功的。

完成的藥水呈現出極淡且具有透明感的黃色。

我馬上就向師團長提出鑑定的委託，然後就在剛才收到了結果。

而鑑定結果並不理想。

「啊，聖。前幾天的鑑定委託有結果了嗎？」

「嗯……」

「看妳的表情，結果好像不怎麼好耶。」

「就很可惜啊。」

在我盯著文件時，裘德來找我了。

裘德平時總會來幫忙，從蜂蜜到製作藥水都有出一份力。

讓他知道完整的鑑定結果比較好吧。

我這麼想著，將文件遞給了他。

裘德瀏覽完文件的內容後，「唉」地發出了惋惜的聲音。

「姑且還是有功效呢。」

「對啊，而且每一種蜂蜜的功效都不一樣。只不過……」

某方面來說，如同預期是值得高興的。

但問題在於那個功效非常微弱。

根據師團長的說法，確實是具有功效，不過以一般藥水的量而言無法反映出效力。

效力大概跟日本便利商店賣的能量飲料差不多吧。

不對，能量飲料似乎是真的有效，所以連能量飲料都比不上。

「行不通啊～」
「怎麼了？」
當我正在感嘆令人遺憾的結果時，研究室門口傳來了問話聲。
我和裘德一起將視線移向門口，便看到所長舉起一隻手打招呼。
「之前委託的鑑定結果出爐了，但結果並不好。」
「哦？讓我看看吧。」
所長從裘德手上接過文件，匆匆看過後就嘆了口氣。
「著眼點雖好，結果卻不如預期嗎？」
「是的，我還以為很接近了。」
「也對……啊！」
所長好像想到了什麼。
只見他豎起食指，就這樣指著我。
我不解地偏過頭後，所長就高興地笑著說出他的想法。
「試著搭配其他東西如何？」
「咦？其他東西嗎？」
如同所長說的，我還沒嘗試過用蜂蜜搭配其他東西。

原本的世界也會將複數藥物搭配使用，所以這個方法有一試的價值。
不過，要拿什麼東西來搭配呢？
要直接跟藥草搭配使用也可以，但跟完全不同的東西搭配或許也不錯。
「現在這時期買得到蘋果嗎？」
「蘋果？」
在思考要跟什麼東西搭配時，我第一個想到的是蘋果。
因為團長送的蜂蜜是從蘋果花採來的，然而還有另一個原因。
蘋果也是相傳能治百病的水果。
要搭配的蜂蜜還是選蘋果蜜比較好吧？
源自同一種植物的素材應該很適合一起搭配。
思考到這裡，我想起這個世界的食材情況。
原本的世界有發達的保管技術，幾乎全年都買得到蘋果。
不過在這邊的話，必須等到收穫期才能買到。
現在真的還買得到蘋果嗎？
「還沒到蘋果的產季吧？」
「要等到秋天嗎？」

「對啊。」

「不能想辦法買到嗎？寒冷地區的收穫期應該比較早吧？」

「或許買得到，但一路運到這裡不會腐壞嗎？」

「冷凍起來就不會壞了。」

「冷凍過後感覺會影響到做成藥水的功效啊。」

所長給予否定的回答。

好可惜。

非常之可惜。

我把想得到的方法都列舉出來，希望有辦法買到蘋果，但所長只是一直搖頭。

只能等到秋天了嗎？

乾脆用魔法促進成長呢？

這麼做的話，製作藥水時還是會造成影響吧？

嗯？促進？

「所長。」

「還有其他想法嗎？」

「能買到蘋果的樹苗嗎？」

「樹苗？這一定買得到吧，不過樹苗的移植期是什麼時候？」

「是早春的時候吧。」

「我想應該可以無視時期。」

移植樹苗也要看時期。

這本來是必須注意的重點，但考慮到接下來要做的事情，無視這一點應該沒關係。

不行的話，到時候再另想辦法。

我打算讓蘋果加速成長到能夠採收的狀態。

就像所長擔心的，用經過人工干涉的蘋果做藥水可能會對功效造成影響。

然而，我總覺得這次反倒該歡迎那個影響。

畢竟我是要用「聖女的法術」來促進成長。

會如此靈機一動，是因為我以前也做過類似的事。

在克勞斯納領讓遭到史萊姆侵害的森林再生時，我就是使用了「聖女的法術」。

那些植物無庸置疑是加速成長了。

所以這個法術應該也可以加速蘋果收成。

向所長說明我打算用魔法促進蘋果成長後，他就扶額露出忍耐頭痛的表情。

看來所長也想起克勞斯納領的事情了。

「這麼說來……妳確實做得到這一點。」

「是的。」

「我知道了，那就找找看蘋果的樹苗吧。」

「謝謝您！」

聽到所長充滿信心（？）的回答，我笑著道謝後，他立刻就著手去安排了。

請所長幫忙準備樹苗後經過一個星期。

夜幕降臨，在差不多該回自己房間的時候，所長來到了研究室。

他在門口招了招手，我走過去後，他就邁步移向外頭。

我稍微加緊腳步跟上去，與他並肩而行。

「是要去哪裡嗎？」

「蘋果樹苗準備好了，只是地點遠了些。」

走出研究所之後，我詢問要去哪裡，他則回答要到蘋果樹苗那邊去。

難道是要去王宮的果樹園嗎？

王宮裡不只有研究所的藥草田，也有蔬菜田和果樹園。

考慮到樹木大小及今後的培育，選在那邊比較妥當吧。

然而我猜錯了，所長帶我來到一座雄偉的溫室。

從外面來看，裡面相當寬敞。
而且玻璃溫室的內部用布圍了起來，無法窺見裡面的模樣。
與其說是溫室，感覺更像是暗室。
不過，跟在所長後面走進去後，我發現裡面跟一般溫室沒什麼兩樣。
但室內溫度跟外頭一樣。
這是怎麼一回事？
當我偏頭對室內的異樣感到疑惑時，所長就告訴我了。
「妳要施展的是『聖女的法術』吧？」
「對，我是準備這麼做。」
「那就不能讓閒雜人等看到了。這裡是我請陛下準備的。」
「原來是這樣呀。」
「再來就是妳的魔法太招搖了，本來應該選在白天才對，但晚上比較不會被人撞見，所以才選這個時間過來。」
「非常謝謝您。」
經所長這麼一說，確實有道理。
「聖女」的能力除了殲滅魔物以外都是機密。

我原本以為周圍沒有人就可以了，但拜託陛下的話，下令清場也不成問題。
陛下的安排很周密，讓作為研究成果的蘋果樹都可以藏得嚴嚴實實。
溫室有一定程度的規模。
往深處前進後，所長指著一棵樹苗說「就是這個」。
樹苗周圍很空曠，而溫室的天花板也很高。
這樣一來，不加節制地將蘋果樹拉拔長大也不要緊。
我閉上眼睛，做了個深呼吸以調整氣息。
接著將手放在胸口，回想關於團長的事。
我最近已經大致習慣發動「聖女的法術」了。
想起團長聽到我對蜂蜜的感想時露出的笑容，我也自然而然地泛起笑意。
感覺到胸口深處有魔力緩緩湧出，我悄悄睜眼，發現四周飄蕩著金色的薄霧。
我看向蘋果樹苗，在心中祈禱它成長到足以收成果實的程度。
還不小心想到了萬能藥的事。
啊，要是跑出意料外的功效怎麼辦？
好像也沒什麼關係。
等秋天來臨時，再用普通的蘋果試做比較就好了。

想到這裡我便發動法術，樹苗周圍發出強烈的光輝。

矮小的樹苗不斷成長起來。

長到一定的高度後，接著就開花結果了。

一旁的所長驚訝地望著蘋果樹快速成長的模樣。

他好像受到了不小的震撼，罕見地微微張開了嘴。

我橫眼看著他的反應，忍不住輕笑出聲。

直到果實變成紅色之後，我才結束發動法術。

「這就是妳在克勞斯納領施展的法術嗎？」

「是的，只是那時候範圍更廣。」

「這樣啊。身體還好吧？妳在克勞斯納領的時候不是暈倒了嗎？」

「沒問題啦，這次只有一棵樹而已，沒消耗掉太多魔力的樣子。」

周圍的亮度恢復正常後，所長就向我問道。

我在克勞斯納領施完法術立刻暈倒的事情，看來也傳到所長耳中了。

這次的施法對象只有一棵樹所以不要緊，我這麼解釋後他便露出了笑容。

我走近樹木，摘下果實觀察了一下。

法術才剛發動完畢，周圍都被金色粒子覆蓋住。

但在光芒消失後，乍看之下就是平凡無奇的蘋果。
以前對藥草施展「聖女的法術」時也是這樣。
所長也一樣在觀察，只見他正臉頰抽搐地注視著蘋果。
應該是發現不同於普通蘋果的地方了吧。
這就是成功的證據。
那麼，接下來只要用這些蘋果全力製作藥水就行了。
我整個人振奮不已，打算回到研究所就直接著手試做藥水。
不過，隨即就遭到所長制止了。
他叮囑我去休息，其他事留待明天再做。

◆

蘋果收成一個月後。
天宥殿下儘管還在留學途中，卻還是回迦德拉了。
據說他接到消息表示人在迦德拉的母妃病情惡化。
然而，這只是表面上的理由。

其實他是因為得到了能夠治癒母妃的治療藥，迫切地想儘早回國給母妃治病。

我用溫室培育的蘋果和團長送的蜂蜜來做藥水後，成品呈現出深黃色。

這次也委託師團長幫忙鑑定，但他這次不是用文件通知結果，而是要我去一趟宮廷魔導師團的隊舍。

好像是在擔心情資外洩的樣子。

得知這一點後，我便猜想鑑定結果應該是令人滿意的。

我和所長一起前往師團長的辦公室，看到師團長和眼鏡菁英大人都在裡面。

從師團長口中聽到「這是萬能藥」之際，我內心充滿大功告成的感動，忍不住就擺出了握拳的勝利姿勢。

雖然所長沒我這麼誇張，不過也露出了欣喜的笑容。

師團長跟以往一樣面帶悠然自得的微笑。

眼鏡菁英大人不知為何眉間皺紋更多了。

報告到此結束，我沉浸在感動裡一會兒後立即回到研究所。

雖然出門的時候是兩個人，但回來時只有我一人。

所長順道去找宰相回報這件事了。

而他一回到研究所就立刻把我叫進所長室。

他向我轉達陛下的旨意，要我暫時停止製作萬能藥。

畢竟是不得了的產品，雖然不知道會持續到什麼時候，他們決定要隱匿萬能藥的存在。

聽到這裡，我腦海浮現天宥殿下的事。

跟所長確認過後，得知萬能藥是否要交給天宥殿下是由陛下他們決定。

所以我只能幫到這裡了。

當初請所長同意讓我研發萬能藥時就知道這一點了。

我順從地遵照了所長的意思。

而在不久後，我便聽說了天宥殿下已經回國的消息。

他看來走得相當匆忙，沒有來研究所，只送來一封問候信。

信裡用大量華麗詞藻表達對於視察一事的感謝。

我之所以知道信裡的內容，是被傳喚進所長室時，所長拿給我看的。

當時所長也告訴我天宥殿下回國的真正原因，以及萬能藥的始末。

原來陛下他們在隱瞞製作者的情況下，將萬能藥送給天宥殿下了。

雙方究竟談了些什麼，這部分所長也不曉得。

不過，我還是很高興萬能藥送到了天宥殿下手上。

他的母妃應該能順利康復吧？

鑑定結果表示萬能藥可以解除一切異常狀態，一定可以成功見效吧？
希望未來有一天能從天宥殿下口中得知結果。

短篇故事集

◆僅剩一步◆

我呆呆地佇立在著名的會合地點。

正想著這裡人還是一樣多時，就在人群中發現我等的人走過來了。

唔，好耀眼……！

我彷彿看見團長周圍充滿亮晶晶的視覺效果。

「抱歉讓妳久等了。」

「不會，我也才剛來而已。」

團長一臉內疚地道歉，我對他回以笑容。

團長今天的服裝跟平常不同，是休閒的打扮。

穿著樸素的白麻襯衫和灰色牛仔褲依然可以成為周遭注目的焦點，也只有底子好的人才能這樣吧。

儘管我忽然覺得哪裡不太對勁，由於團長催促我該走了，那股異樣感便瞬間煙消雲散。

在對團長這身少見的打扮感到心跳加速的同時，立刻就朝今天的目的地前進。

我們先去了聽說現正當紅的鬆餅店，然後逛逛街、看了部電影，一下子就到晚上了。

快樂的時光總是過得很快。

「不好意思，還勞煩您送我回來。」

「別在意，讓妳一人回家我更不放心。」

到頭來還是讓團長送我到居住的公寓門口了。

我感到很過意不去，畢竟他明天還有工作。

「霍克大人，今天很謝謝您，我過得非常開心。」

「這是我要說的，今天很愉快。」

我們對彼此道謝後，一陣奇妙的沉默降臨。

團長心神不寧地左右飄忽著視線。

「怎麼了嗎？」

「呃……聖。」

「是。」

出聲詢問後，團長接著就意志堅定地凝視著我。

我等著他的下一句話，結果他的右手就撫上了我的臉頰。

咦！他要做什麼？

「若妳不介意，能不能叫我艾爾呢？」

「什麼？」

面對忽然散發出不同氛圍的團長，我的心臟發出了悲鳴。實在承受不住那靜靜注視的目光，我囁嚅地說了聲「艾爾」之後，那張俊美的容貌就占滿了我的視野。

就在這時候，我睜開了雙眼。

儘管已經從夢裡醒來，心臟仍怦通怦通猛跳著。

這這這這、這是什麼夢啊！

唔哇～唔哇～！

雖然勉強忍住沒叫出聲，但我在內心大肆吼叫起來。

不用說，我後來當然是在床上抱頭滾動了。

◆ 某個下雨天 ◆

從研究所前往王宮的途中，一滴冰涼的水珠落在了臉頰上。

我抬頭看天空，發現一早的陰天變得更幽暗了。

現在明明是白天，四周卻相當昏暗。

路程還很遠，要再走二十分鐘才會到王宮。

這下糟了。

我二話不說趕緊加快腳步，但無情的天空不等人。

頃刻間下起傾盆大雨，我在雨中奔跑著。

我放棄直接前往王宮，轉向比較近的第三騎士團的隊舍。

當我衝進隊舍入口的屋簷下時，頭髮和衣服已經溼得一塌糊塗。

「呼～～～～」

我做個深呼吸，調整全力衝刺而紊亂的氣息。

話說回來，真是傷腦筋啊。

這場雨很快就會停嗎？
要是不停的話，我就走不了了。
我邊擰乾溼漉漉的頭髮邊思考著，這時旁邊的門打開了。
「聖。」
「啊，您好。」
團長從門後探出頭來。
那雙好看的眉毛罕見地緊緊攏起。
「妳都淋溼了，先進來吧。再這樣下去會感冒的。」
「好的。」
我本來打算雨一停就走，但看到團長一副不容分說的模樣，我不由得就點頭了。
團長讓門敞開著，自己退到門邊，示意我進入隊舍。
我舉步正要前進時，發現衣服還沒有擰乾。
於是我停住腳步，將裙襬挽起來擰一擰，讓水滴落下來。
滴落的水量比想像中還要多。
如果沒擰乾就進去的話，可就得花一番工夫打掃走廊了。
幸好能在進去前就察覺到這一點。

「抱歉讓您久等了。」
擰完裙襬後，我抬頭就看到團長用手掌摀住嘴巴，往旁邊撇開了臉。
他的臉頰似乎泛起了淡淡的紅暈。
奇怪了？
「怎麼了嗎？」
「呃……」
看到團長支吾其詞，我才猛然醒覺。
在這個國家的文化中，女性不可以給家人以外的男性看到腳。
然而我卻當自己還在日本，為了擰乾裙襬而把腳大肆暴露在外。
很紳士的團長大概不好意思提醒我，就這樣陷入尷尬的處境。
「對不起。」
從團長旁邊走進隊舍時，雖然我說得很小聲，但在內心非常用力地向他道歉。
團長走在前面帶路，我跟著他來到了辦公室。
和團長一起進去後，裡面的僕從看到我的模樣立即往門外走去。
至於團長則點燃了設置在室內的壁爐。
明明還沒到必須使用壁爐的季節，似乎是提前做好準備以便隨時都能使用。

「淋了雨很冷吧？快來壁爐旁邊暖暖身子。」

「謝謝。」

團長在壁爐旁邊擺了張凳子，要我在那上面坐下。

目前還是氣候溫暖的季節，但淋雨確實會讓身體著涼。有壁爐可以取暖讓我很感激。

興沖沖地靠近壁爐後，團長就抬起了手。

我疑惑地注視著他的手，只見那隻手伸向我的臉龐，撥開黏在臉頰上溼髮。

心頭一驚，我抬頭看團長；而團長睜大雙眼，似乎也被自己的舉動嚇到了。

一股奇妙的氛圍瀰漫在彼此之間。

呃……

我正要開口說些什麼，卻在這時響起了敲門聲。

聽到外頭傳來的稟報聲，團長回過神來准許對方進門後，就看到先前離開的那名僕從拿著毛巾和替換衣物進來了。

微妙的氣氛消散。我鬆了一口氣的同時，也開始思索起照剛才那種情況繼續發展下去會怎麼樣。

不不不，什麼事都不會發生吧。

我在想什麼啦。
於是我一邊在內心搖頭，一邊從僕從手上接過毛巾擦起溼髮。

◆秋日味覺爭奪戰◆

我走在通往研究所廚房的走廊上，忽然有一陣冷風輕柔地拂過臉龐。

應該是從敞開的窗戶吹進來的吧。

雖然氣溫還有點高，但吹來的風已經開始帶點秋日寒意。

迎來產季的食材也是如此，搬進廚房的清一色是秋季產物。

「有這麼多呀。」

「今年似乎大豐收的樣子。」

我看著褐色小山發出驚嘆聲，站在旁邊的廚師則微笑著這麼回答。

桌上的竹籃裡堆積著正值時令的栗子，宛如一座小山。

這些栗子是平時採購食材的商會奉送的。

如同廚師說的，今年栗子似乎大豐收，商會也進了大量的栗子。

但由於實在太多了，便送了一些給身為老主顧的研究所。

其實不止因為研究所是老主顧，那間商會還是裘德的家族經營的，這也是贈送栗子的原因之一。

這次收到相當大量的免費栗子，我決定做成保久食品。

分別是栗子泥、甘露煮和澀皮煮。

畢竟栗子的數量真的很多，我打算做成幾種不同的保久食品。

一個人恐怕忙不過來，但這裡的廚師們都是我最可靠的夥伴。

只要大家同心協力，沒有辦不到的事情。

「那我們就開始吧！」

「「「「是！」」」」

這麼吆喝之後，大家一齊動了起來。

我從竹籃裡拿起栗子，用刀子開始削皮。

我負責的是栗子泥。

負責甘露煮和澀皮煮的廚師們並不是用竹籃裡的栗子，而是從鍋子拿出泡在水裡的栗子剝皮。

沒錯，栗子不是只有桌上這籃而已。

收到的栗子真的多到令人忍不住要乾笑幾聲。

數量這麼多，就算分工也得忙上一整天。

我窩在廚房裡並不會有問題，已經徵得所長的同意了。

所長答應的時候笑得格外燦爛，一定是有什麼盤算吧。

我隱隱約約有猜到就是了。

「情況怎麼樣？」

「大致完成了，目前正在裝瓶。」

栗子幾乎都處理完畢後，這時所長來了。

他走近我在工作的地方，捏起一顆還沒裝進瓶子裡的甘露煮丟進口中。

「嗯，真好吃耶。」

「所長，這裡禁止偷吃！」

「還要等一段時間才會做成糕點吧？才一口而已，不要計較啦。」

說著，所長又朝澀皮煮伸出手。

果然……

得知會有栗子送來的時候，我說要做成栗子泥和甘露煮，所長聽了就雙眼發亮。我想說他大概會來偷吃，結果不出所料。

看著所長嚼栗子的模樣，我無奈地笑了笑，這時裘德也來了。

「啊，所長自己跑來太賊了！」

「什麼嘛，裘德也來了啊？」
發現所長的嘴巴在動，裘德便揚聲譴責。
但裘德來這裡也是準備偷吃吧？
「偷吃的人沒有點心吃哦。」
「什麼！」
我拿出預先準備好的盤子，他們兩人的動作登時靜止不動。
盤子上的麵包夾著用栗子泥和碎核桃拌成的內餡，分量十足。
現在沒空做工序複雜的糕點，但這種小點心做起來很簡單。
「太好了！」
「喂，裘德，不要連我的份都拿走啊！」
「所長剛才偷吃了吧？」
裘德伸手去拿遞來的兩個盤子，所長見狀發出哀號。
眼前上演的點心爭奪戰讓我不禁輕笑出聲，不過我也沒資格說他們。
因為在所長來之前，我已經和廚師們一起試過味道了。
我在內心吐了吐舌，裝瓶結束後，我也決定去泡杯茶享受愜意時光。

◆於玫瑰盛綻的庭園◆

在涼爽徐風吹拂的新綠季節，團長邀請我一起出門。

正好我下次休假還沒有安排行程。

於是便心懷感激地答應邀約了。

約定的當天早上，我在研究所門口等待的時候，看到團長騎著馬過來。

騎馬似乎就表示今天要去的地方比較近。

會跟平常一樣是在王宮內散步嗎？

在我感到疑惑之際，團長已經來到我面前。

「早安。」

「早安。今天是騎馬嗎？」

「沒錯，上來吧。」

我握住團長伸過來的手，坐到了他前面，而團長立刻策馬前進。

從前進方向來看，似乎不是要進城。

再說，要進城就會搭馬車了吧。
畢竟以前都是這樣。
「請問我們要去哪裡呢？」
「王宮的庭園。」
「庭園……」
我好奇地詢問要去哪裡後，團長便很乾脆地回答我。
不過，我還是不曉得具體的地點。
雖然統稱庭園，但王宮的庭園大得非比尋常。總之就是很大。
那座巨大的庭園用樹籬隔成好幾區，每區各有不同的風情。
我去過離研究所比較近的區域，但還有很多沒去過的區域。
既然是騎馬的話，應該是去有一點距離的陌生區域吧。
騎馬走了二十分鐘左右後，我們抵達了目的地。
我借團長的手從馬背上下來。
這一帶的樹籬很高，看不到裡面的景象。
不曉得這一區有什麼，我滿心期待地跟著團長走向樹籬的縫隙處。
「哇！」

我從縫隙處探頭看裡面，忍不住發出驚嘆聲。

樹籬內有絢麗多彩的玫瑰競相綻放。

「這裡的玫瑰在這個時期是出了名的漂亮，聽說正是賞花的最佳時機。」

「原來是這樣呀。玫瑰非常美，謝謝您帶我來賞花。」

「看妳喜歡真是太好了。」

我笑著道謝後，團長也回以莞爾一笑。

就這樣在團長的陪伴下往深處走去。

我們邊走邊聊，偶爾會有花香乘著風吹拂而來。

這裡種植的玫瑰不止有外觀漂亮的，好像還有香氣馥郁的品種。

用這類玫瑰來萃取精油的話，感覺會是很棒的美容用品材料。

就在我想著這種事時，團長在白玫瑰前停下腳步。

「怎麼了？」

「沒什麼……」

團長欲言又止，來回看著我和玫瑰猶豫了一會兒後，拿出了小刀。

接著，他割下剛才看的那朵玫瑰，插在我的髮鬢上。

「咦？這……」

他突如其來的舉動把我嚇了一跳，不曉得該說什麼才好。
可能是覺得我的反應很有趣，團長帶著些許害臊輕聲笑了笑。
「果然很適合妳。」
聽到團長這麼說，我的臉頰緩緩發熱起來。
嗚……這句話搭配那張臉太犯規了啦。
看到我說不出話來，團長更是笑彎了眼。

◆ 玫瑰的用途 ◆

「聖，有妳的包裹哦。」

我在研究所工作的時候，所長親自來叫我。

這真罕見，平時來提醒我收包裹的都是裘德或其他研究員。

「包裹嗎？」

「對，王宮寄來了大量的玫瑰……」

聽到包裹的內容物，我不由得敲了一下手。

那一定是我之前請莉姿幫忙準備的玫瑰。

不過，我拜託的人明明是莉姿，怎麼會是從王宮寄來的呢？

雖然寄件人改變的原因令人在意，但總之先去收包裹吧。

大量玫瑰所放置的地方，和藥草搬入時放的地方一樣。

一靠近就聞得到濃郁的玫瑰香。

確實是依照我的需求，挑選香氣強烈的品種送過來了。

「好嗆鼻啊。妳是要做香水嗎？」
「不是，我打算做果醬。」
「果醬？用玫瑰嗎？」
聞到滿溢四周的玫瑰香，所長皺起眉頭。
我回答用途後，大概是感到意外，所長一臉驚訝地轉頭看我。
這個世界不會用玫瑰做果醬嗎？
或許只是所長不知道，某些地方有在做也說不定。
「下次要在王宮舉辦茶會，我想說到時候可以拿來用。」
「茶會？」
「啊，規模並不大哦。就是兩三好友的聚會。」
「喔，是跟她們啊？」
聽到「好友」一詞，所長就知道誰要參加了。
而地點選在王宮的原因，他也光憑這個字眼就理解了。
沒錯，茶會的參加者只有莉姿、愛良妹妹和我三人而已。
莉姿將地點安排在王宮。
在王宮的話，侍女們會幫忙準備桌椅等物品，真的省力很多。

但也因為這樣，下次茶會的著裝規範會比以往更嚴謹，讓我有點苦惱。
禮服實在穿不慣啊……
我不禁露出遙望遠方的眼神，所長見狀則察覺到什麼而泛起苦笑。
「所以妳要在茶會使用玫瑰醬嗎？」
「對，可以抹在司康和磅蛋糕上，或者做成慕斯也很好吃……」
我把想到的糕點列舉出來，所長的眼神逐漸發生變化。
畢竟所長很愛吃甜食嘛。
我早料到他接下來會說什麼了。
「妳是今天要做玫瑰醬嗎？」
「對呀，我打算今天的工作結束後就來做……」
「現在沒什麼急迫的工作吧？」
「……所長？」
我笑咪咪地喊了一聲，所長則一臉尷尬地別開視線。
唉，真是的……
拿他沒辦法。
「如果所長批准的話，我現在就能做哦。熬煮果醬也要花很多時間，能儘早開始準備當然是最好的。」

「這樣啊。沒問題的話，要我批准幾次都行。」

「謝謝所長。熬煮果醬的時候順便烤個司康好了，您要試味道吧？」

「當然要啊！」

所長果然很想吃啊。

看到所長開心地展顏一笑，我回以苦笑後，他也露出相同的笑容。

現在能借用廚房嗎？

必須跟廚師們確認一下才行。

我思考著稍後要做的事情，邁步走向廚房。

◆玫瑰季的女性聚會◆

香皂、美容用品與香水。

各種女性日常用品經常運用到玫瑰的香氣。

光是身上帶著那甜美華麗的香氣就足以令人心情雀躍，如此受到青睞也可以理解。

厲害的不是只有香氣而已，從花朵萃取的精油也具有很棒的功效。

而且對女性特有的困擾格外有效，還被譽為精油女王。

在原本的世界已經這麼好用的玫瑰精油，到了這個世界……

「太驚人了……」

莉姿睜圓雙眼喃喃說道。

坐在旁邊的愛良妹妹也摸著自己的手背，發出讚嘆的聲音。

她的手背滋潤有光澤。

剛才還有一點粗糙，但塗了一滴玫瑰精油後，轉瞬間就變成這個狀態了。

今天，莉姿、愛良妹妹和我三人在王宮舉辦茶會。

主題是正值賞花期的玫瑰。

配合這個主題，桌上裝飾著玫瑰，茶具上也描繪著玫瑰圖樣，整個茶會無處不是玫瑰。

我也準備了使用玫瑰醬的糕點，還順便試做了玫瑰精油。

本來只是一時興起才做的，沒想到成品的效果會這麼厲害。

「這個長期使用會怎麼樣呢？」

「我也還沒實驗過所以不曉得，說不定外表會變年輕呢。」

「這……世上女性都不會放手呢。」

我也這麼覺得。

不過，能使用的人應該很有限吧。

畢竟玫瑰精油非常昂貴。

要用幾十朵玫瑰花才能萃取出一滴精油，賣得貴也是難免的。

因此，我今天能準備的精油也只有一點點而已。

「原來這麼珍貴呀。」

「對啊。如果能更隨心所欲地使用就好了。」

「真是太可惜了。」

我解釋精油有多珍貴後，莉姿和愛良妹妹都嘆了口氣。

接著，她們看向今天的糕點。
「聖，我問妳哦。」
「什麼事？」
「今天的糕點也有用到玫瑰吧？」
「有啊。」
「這些糕點會不會也帶有那種效果呢？」
聽到莉姿的問題，我一瞬間僵住了。
的確，我做的料理都帶有形形色色的效果，只是不曾出現跟美容有關的效果。
「擁有烹飪技能的人做出來的料理會帶有各種效果，但沒聽說過跟美容有關的效果。」
「這樣呀？我還在想糕點比美容用品更容易取得呢……」
說完，莉姿消沉地垂下肩膀。
也許是看她太過沮喪，愛良妹妹接口鼓勵道：
「可能只是之前都沒聽說而已，說不定是有效果的哦？」
「說得也是！有一試的價值！」
「要確認看看嗎？」
我拿起桌上的果醬瓶問道，她們兩人便滿面笑容地點了點頭。

既然這麼決定了，待會兒就把這瓶玫瑰醬拿去做鑑定吧？
順道把司康帶過去，這樣師團長應該會很樂意協助。
究竟會不會帶有效果呢？
如果有的話，會是什麼樣的效果呢？
於是，我們三人熱絡地交談著，享受了一段茶會時光。

◆異世界的冬天　1◆

把生薑、檸檬和茶葉放進事先用熱水燙過的茶壺中。

茶葉是藥草的一種，現在泡的正是所謂的草本茶。

幸虧戴著有附魔效果的防寒項鍊，我並不覺得冷。

不過，在走廊上走動時呼出的白煙讓我知道氣溫很低。

在這種冷天喝點祛寒暖身的飲料是最棒的，於是我前往廚房，準備了放有生薑的飲料。

我看向窗外，從太陽的高度來推測大概的時間。

嗯，這時間剛剛好吧。

差不多要到平時喝茶小憩的時間了。

我將餅乾盤和茶具放到手推車上，從廚房前往所長室。

敲了敲所長室的門，走進去就看到所長正坐在辦公桌前振筆疾書。

「辛苦了。」

「啊，抱歉，我還要再花點時間。」

「好的。」

看來他現在還不適合中斷工作。

所長瞥了我一眼後，又看回手邊的文件。

心想他工作告一段落就會過來，我便在迎賓沙發擺設茶席。

我把帶來的餅乾盤和蜂蜜罐等逐一擺到桌上。

在前往這裡的路上，草本茶也恰到好處地釋放出滋味。

在手推車上將草本茶倒入茶杯，可以看到茶湯呈現淡淡的黃色。

而且還有一股生薑與檸檬的香味飄散開來。

倒完後，我把茶杯放到桌上，這時所長從辦公桌站了起來。

「要不要一起喝茶？反正妳等一下也要休息吧？」

「對。那就承蒙您的好意了。」

所長說得沒錯。準備好他要喝的茶之後，我原本打算回研究室休息的。

既然他邀請我一起喝，我便替自己倒了杯茶。

這種事偶爾會發生，所以我會預先多備一個茶杯。

隔著桌子坐在所長對面後，我們一起端起茶杯。

所長喝完一口便揚起嘴角。

「哦！這是生薑嗎？」

「是的，我想說可以暖暖身子。」

「也對，今天特別冷啊，有這杯茶真好。」

所長開心一笑，再次舉杯就口。

由於附魔道具很貴，一般人不會像我一樣有防寒項鍊。

所長也不例外。

因此，所長室有正在烤火的壁爐。

儘管如此，可能是外頭寒氣從窗戶滲透進來的緣故，背對窗戶在辦公桌工作的所長看起來很冷。

他一反常態地用雙手握著杯子取暖。

唔~好像不該用茶杯的，馬克杯應該比較好吧？

從下次起，遇到冷天就這麼做吧。

我一邊思考這種事，一邊和所長享受茶會時光。

所長在休息時零零碎碎提起的話題幾乎都跟藥草有關。

問我這算不算在談公事？

是興趣啦，興趣。

對彼此來說都是。

「話說回來，這陣子真的變得很冷耶。」

「對啊。」

「天氣這麼冷說不定有機會下雪呢。」

「這就不好說了。畢竟這一帶幾乎不下雪。」

「原來是這樣啊？」

「嗯。」

我偏頭對所長的話語表示不解；然而仔細回想過後，我才發現自己來到這個世界至今還沒見過雪。

原本的世界也有不太下雪的地區，這就是同一種情況吧。

雖然下雪很麻煩，但不下雪好像也有點可惜，我一邊這麼想著，一邊看向窗外。

「咦？」

「怎麼了？」

窗外似乎飄舞著白色物體，我不由得叫了一聲。

我沒回答所長的問題，就這樣放下茶杯走到窗邊。

「所長，下雪了。」

「真的假的？」

我看著紛飛的雪花向所長說道，於是所長便端著茶杯來到我旁邊。

「啊，真的下雪了呢。」

「這很少見吧？」

「對啊。但願不要積雪就是了……」

所長望著天空，嘴裡喃喃嘀咕著要是積雪該怎麼辦才好。

即使是不同的世界，很少下雪的地區偶爾遇到積雪時同樣很辛苦。

但所長看起來還滿高興的，是我想的那樣嗎？

類似狗狗開心時的反應？

不過，我懂這種莫名雀躍起來的心情。

明天會不會積雪呢？我有些期待地和所長一起仰望天空。

◆異世界的冬天　2◆

早晨——

醒來後，露在棉被外的身體部位感覺到寒意。

我連忙縮進棉被裡，拿起擺在枕邊的項鍊。

這條項鍊有附魔效果，是防寒道具。

我戴上項鍊從棉被出來後，便感覺不到寒意了。

話說回來，今天早上格外寒冷。

對了，昨天罕見地下起了雪。

該不會……

我心懷期待地拉開窗簾，看到窗外積著薄雪的景色。

「積雪了呀～」

我苦笑著喃喃自語。

聽說王都周邊下雪是相當少見的情況。

今天難得積了雪，看來大家有得折騰了。
雖然這種日子很不想上班，只想窩在房間裡耍廢，但畢竟有工作在身，不能講這種話。
沒辦法了，去做準備吧。
想到這裡，我開始整裝打扮。
穿戴整齊後，我前往研究室，但裡頭比以往冷清。
可能是因為下雪了，住在外頭的人們都還沒有來上班。
聽附近的研究員說，搞不好有人今天就乾脆不來了。
看來下雪就懶得外出是人之常情。
不過，熱衷於研究的人們都住在研究所裡，所以沒什麼問題。
沒問題嗎？
在我看來好像不是沒有問題，但這個世界的生活步調本來就比原本的世界還要悠閒，或許這就是常態吧？
總之，得知今天可以輕鬆一點，我便前往餐廳吃早餐了。
吃完早餐，我再次走向研究室。
儘管我吃得比平常慢，但室內的人數還是沒變。

看這態勢，說不定要等到下午才會全員到齊。

我手上的工作可以獨力完成，所以不會受到影響，只是有點好奇外面的情況。

去外面看看好了。

於是，我走向通往外面的門。

來到外面後，就跟從窗戶看到的一樣，純白的雪覆蓋了四周。

大概已經有其他人來過，地上還留著從藥草田穿梭而過的腳印。

我走了幾步後蹲下來，觸摸還沒有被人碰過的雪，感覺到指尖一陣冰涼。

這個舉動並沒有什麼意義。

只是突然想摸摸看而已。

當我腦中冒出「果然很冰啊」這個理所當然的感想時，旁邊就傳來了踏雪的腳步聲。

我轉向傳出聲音的方向，就看到一臉笑吟吟的團長。

「早安。」

「早安。您是來找所長的嗎？」

「對，他還沒來嗎？」

「是的。」

團長手中拿著文件，我便猜測他是找所長有事，結果猜中了。

所長是從研究所外面來上班的，我也不確定他什麼時候會來。
告訴團長這件事後，我打算幫他轉交文件，但他說要在這裡多等一陣子。
多等一陣子就能等到所長嗎？
儘管我這麼想，不過內心也非常高興能跟團長待在一起，於是就沉默地點頭了。
「妳剛才在做什麼呢？」
「沒什麼，並沒有特別的目的……就是忽然想靠近一點看雪。」
「這樣啊。不過妳的衣著太單薄了，不介意的話，我的外套……」
「啊！沒關係啦！」
團長脫下外套正要遞過來，我連忙制止他。
「可是……」
「我本來就覺得差不多該進去了。」
「確定嗎？妳不想再多看一下嗎？」
「真的沒關係。對了，您方便的話，要不要去裡面喝杯茶呢？」
「謝謝，那就勞煩妳了。」
見團長還想追問，我便改變了話題。
團長從第三騎士團隊舍來到研究所的路上應該凍著了吧。

既然如此，就讓他喝杯熱茶暖暖身子吧。
我抱著這個想法邀請團長後，他就笑著點頭了。
那麼，要泡什麼好呢？
正好有可可粉，泡這個好像不錯。
喝了也很暖和。
我不知為何雀躍起來，與團長一起走回研究所裡。

◆ 想掩藏的心意 ◆

在暖陽灑落的窗邊，我拿著針在布上穿進穿出。

今天是淑女之日。

我正在學習刺繡，這是貴族千金的必修涵養。

上次做刺繡還是在小學的家政課上。

默默地做著久違的針線活，其實還滿好玩的。

單純致力於完成一件作品或許是讓心情振奮的主因。

「妳進步很多耶。」

「謝謝，不過還差得遠啦。」

在旁邊做刺繡的莉姿探頭往我手上一看，然後這麼稱讚道。

確實是比一開始進步了，但相較於正統千金小姐做的刺繡還是望塵莫及。

莉姿手上的刺繡圖案不僅遠遠比我的困難，而且還繡得很漂亮。

「妳今天是繡什麼圖案呢？」

「我是想繡千日紅啦……」
我垂眸看著手上的布，那上面繡著好幾顆深淺不一的粉紅色圓點。
嗯，看起來不像花。
「繡上莖葉就會比較有模有樣了吧？」
「我想應該是的。」
我戰戰兢兢地問道，而莉姿則笑著點頭。
太好了。
之前的作品都是留給我自己用的，但這次我打算送人。
再半個月就是情人節了。
斯蘭塔尼亞王國沒有情人節，也沒有類似的慶典活動。
不過我來到這裡之後，一到這個季節還是會送禮給平時很照顧我的人們表達謝意。
去年做的布朗尼大獲好評，因此今年也打算送這個。
但這樣就跟去年一樣了，所以我今年還想要追加其他東西。
詢問周遭人們後，我才知道這裡的人會贈送自己繡的手帕等物品。
於是，我想說這次可以在手帕上刺繡後送人。
現在做的這個是要給團長的。

之所以選千日紅，是因為花語是「平安」和「安全」。
我覺得非常適合經常要去討伐魔物的團長。
不過，這是不太為人所知的花語。
比較有名的是另一句花語。
要是被發現就太羞恥了，我希望團長盡可能不要注意到花語。
暫且不管花語，如果團長收到這個會開心就好了。
我一邊這麼想，一邊繼續做刺繡。

半個月後。
情人節來臨了。
可能是因為去年有送布朗尼，研究員們似乎很期待今年也能收到。
大家一早就帶著陽光笑容跟我打招呼，我表示午餐時間會在餐廳發布朗尼之後，他們都滿面欣喜地道謝了。
要發給所有研究員可是一項大工程。
所長則另當別論。
他平時在各方面都很照顧我，所以我會親自送到所長室。

所長那份布朗尼比餐廳發得更多，還附送了一塊手帕。
所長和研究員們一樣滿足地笑著感謝我的禮物。
那麼，剩下的就是最大難關。
並不是因為對方太忙導致見不到面。
單純是我精神層面的問題。
我來到第三騎士團的隊舍，走向團長的辦公室。
敲門並確認有回應後，我打開門就看到團長帶著一貫的笑容過來迎接我。
「早安。」
「早。今天怎麼來了？」
大概是現在還沒到送文件的時候，團長偏著頭感到疑惑。
這一刻終於來了。
我感覺到自己緊張得心頭狂跳，戰戰兢兢地將帶來的東西遞給團長。
「這是？」
「呃……去年也送了這樣東西……」
團長接過裝有布朗尼和手帕的竹籃後，眼神充滿期待地看著我。
我努力動了動乾燥的嘴巴，卻遲遲說不出話來。

儘管如此，團長似乎還是理解過來了，只見他高興地取下掛在竹籠上的布。

「記得是日本的節慶活動吧？」

「是的，因為平時總是受到您的照顧。」

團長拿起布朗尼這麼問道，我便點頭回應。

現、現在可以回研究所了吧？

我一心想在團長發現手帕前撤退，整個人有些坐立難安。

但我的祈望落空，團長立刻就注意到手帕。

摺疊手帕的時候是把刺繡那一面朝上，所以他似乎也注意到刺繡了。

他暫且放下布朗尼改拿起手帕，用手指在刺繡上面小心翼翼地摩娑著。

「這個刺繡難道是……」

「我繡得不太好，讓您見笑了……」

團長露出燦笑這麼一問，我實在違逆不了他。

認命地坦言是自己做的刺繡之後，團長的笑意就更深了。

他應該沒注意到花語吧？

希望他沒有注意到。

「謝謝妳，我會好好珍惜使用的。」

「好。」

他能喜歡這份禮物真是太好了。

我對臉頰微紅的團長點點頭，嘴角不可遏止地因喜悅而上揚起來。

後記

大家好，我是橘由華。

這次非常感謝大家翻閱《聖女魔力無所不能》第六集。

託各位的福，第六集也在諸般努力中成功出版了。這都要多虧平時一直給予支持的各位讀者，謝謝大家。這次真的很不妙啊……要是沒有大家的支持，我可能中途就撐不下去了。雖然不曉得能不能用順利來形容，但我深切體認到本書能夠送到各位讀者手上真是太好了。

角川BOOKS的W責編，這次真的、真的！非常謝謝您四處奔走幫忙調整日程。我在中途差點灰心喪志，多虧W責編正面樂觀地給予我鼓勵，我才總算堅持了過來。謝謝您，真的承蒙您太多照顧了。與本書相關的其他人士也是，真的很感謝大家。這已經變成一種慣例了，我一直想說該好好改善這個問題……然而這次也造成麻煩了，真的非常抱歉。

那麼，大家還喜歡第六集嗎？從這裡開始會透露一些劇情，還沒看過正篇故事的讀者可以先看完再回來。

第六集的製作過程中發生了很多事。最大的一件事就是傳染病在全世界蔓延吧。疫情似乎還沒有平息下來，大家的身體狀況都還好嗎？我的話，可能因為都窩在家裡，而且有好好落實勤洗手，所以目前為止都不曾染疫。

此外，在這次的疫情中，應該有人原本是去公司上班，後來變成在家辦公的吧？有些人可以在家工作，有些人恐怕沒辦法這樣。不僅是工作，連帶環境也出現許多變化，真的非常辛苦。

我也出於這個緣故而必須重新評估整個工作型態。再加上有呼籲儘量避免外出，我都一直窩在家裡，或許是因為這樣，工作真的毫無進展……寫作的靈感少到我自己都有點嚇到。現在已經極力調整回狀態了，不過等到疫情趨緩的時候，感覺會換成我的身體沒辦法在外面工作。真可怕。

說到疫情的影響，其實天宥殿下母妃的症狀內容也曾修改過。在原本的構思中是類似感染性疾病的症狀，但這時候疫情開始在全世界流行，我也聽到了相關的新聞報導。我覺得會令人聯想到疫情的症狀不太好，於是就改成其他症狀了。不過，這個更動並不完全是受到疫情影響。在構思如何提供天宥殿下治療方法的時候，我發現按照原本的感染性疾病寫下去會不利於進展，才決定做出更動。如果還是原本的感染性疾病，故事的發展可能就得變成聖要前往迦德拉了。

第六集依然是由珠梨やすゆき老師負責繪製插畫。感謝您這次也繪製了非常棒的插畫。這次的新角色是天宥殿下，珠梨老師跟青瀾那時候一樣設計了富有異國風情的服裝！花紋和編繩（？）都很好看，讓我心情有點小激動。真不愧是珠梨老師，非常謝謝您每次提供的作品。天宥殿下的角色設計也有取下眼鏡的版本，我現在才察覺到沒有好好活用這一點，希望以後有機會讓我雪恥。

漫畫版也同樣進展得很順利。非常感謝給予支持的各位讀者，以及藤小豆老師與其他相關人員，謝謝大家一直以來的照顧。目前刊載的最新話正好到淨化完西邊森林黑色沼澤的部分。很多地方都畫得很棒，最新三話的各種場景讓我看得太入迷，都忘記自己正在確認內容了。這部分的故事跟這幾天的狀況一樣是拚著命一口氣寫完的，所以記憶還滿模糊的，只覺得自己當時真的是被截稿日追著跑。另外我還記得編輯有稱讚我把髮飾的伏筆收回來。我在確認內容的時候都會重看原作，而漫畫版把故事重新編排得相當流暢好讀，這真的讓我很高興，而且也充滿感激。

漫畫版好評熱銷中，目前在網路漫畫刊登網站ComicWalker、Pixiv Comic和NicoNico靜畫等地方連載中。部分內容可供免費閱覽，有興趣的人請務必去看看。

話說，第三集出版之際也曾經製作《聖女魔力無所不能》的情境式廣播劇（註：此指日本的販售狀況），為團長賦予了聲音。當時有些人反映也想聽到裘德和所長的聲音，真是讓你們久等了（？）。

這次確定要改編成動畫了！

哎呀，真的會嚇一跳吧？我也嚇了一跳。還因為太過震驚，現在談起動畫的事情還是會詞窮得很明顯。和上次一樣，得知這件事的時候笑容都凝固住了。

聽完之後，我才慢慢開始有真實感，當下深深地體會到能夠改編成動畫都是多虧了至今一直支持著我的大家。另外也有許多人在之前就反映希望能改編成動畫。我認為是大家在社群媒體等地方幫忙發聲才能促成這件事。真的、真的很感謝你們！

改編動畫的製程正在默默進行中。我這邊已經收到建築物的設定圖和角色表情等草稿。每一張都非常出色，我自己在看到建築物的設定圖時格外興奮。畢竟可以看到以往只有大致輪廓的房間具體長什麼模樣，而且還畫得很棒。再來就是腳本！我為了確認內容而閱讀過後，也發現許多自己沒有想到的事情，實在獲益良多。動畫有原創的設定和故事，希望播出的時候大家會喜歡這些與原作及漫畫不一樣的地方。

最後，很感謝一路閱讀到這裡的每個人。疫情尚未平息，還請大家務必保重身體。我也會注意身體健康，並好好努力讓下次的第七集能夠儘快送到每位讀者手上。希望近期內還能與各位再會。

國家圖書館出版品預行編目資料

聖女魔力無所不能 / 橘由華作 ; Linca 譯 . -- 初版 . --
臺北市 : 臺灣角川股份有限公司 , 2021.02-
冊 ;　公分 . -- (Kadokawa fantastic novels)
譯自 : 聖女の魔力は万能です
ISBN 978-986-524-230-5(第 5 冊 : 平裝). --
ISBN 978-986-524-543-6(第 6 冊 : 平裝)

861.57　　109020384

Kadokawa Fantastic Novels

聖女魔力無所不能 6

（原著名：聖女の魔力は万能です 6）

2021年6月7日　初版第1刷發行

作　者：橘由華
插　畫：珠梨やすゆき
譯　者：Linca

發行人：岩崎剛人
總編輯：蔡佩芬
編　輯：彭曉凡
美術設計：李思穎
印　務：李明修（主任）、張加恩（主任）、張凱棋

發行所：台灣角川股份有限公司
地　址：105台北市光復北路11巷44號5樓
電　話：（02）2747-2433
傳　真：（02）2747-2558
網　址：http://www.kadokawa.com.tw
劃撥帳戶：台灣角川股份有限公司
劃撥帳號：19487412
法律顧問：有澤法律事務所
製　版：尚騰印刷事業有限公司
ＩＳＢＮ：978-986-524-543-6